TAKE
SHOBO

女嫌いの国王は、花嫁が好きすぎて溺愛の仕方がわかりません。

藍井 恵

Illustration
弓槻みあ

JN207955

蜜猫
MitsuNeko

女嫌いの国王は、花嫁が好きすぎて溺愛の仕方がわかりません。

contents

イラスト／弓槻みあ

女嫌いの国王は、花嫁が好きすぎて溺愛の仕方がわかりません。

プロローグ

フォルジュ伯爵家の長女にして一人娘、ヴィヴィアンヌは蜂蜜のように艶《つや》やかな金髪、吸い込まれそうになるぐらいに透き通った大きな青い瞳、ぷっくりと小さくふくらんだ赤い唇のとても美しい少女だった。

ただし、その眉はきゅっと左右に上がり、その唇はきゅっと左右に下がっている。

彼女が十六歳で社交界デビューしたとき、紳士たちは我こそが彼女をほほ笑ませてみせると、色めき立ったものだ。

だが、誰と踊っても彼女の口角は下がったまま。しかもヴィヴィアンヌに女らしさの欠片《かけら》もないことが知れ渡るにつれ、紳士たちの興味はデビューしたてのほかの娘へと移っていく。

『男勝りで男嫌いのヴィヴィ』

相手にされなかった紳士たちの意趣返しもあり、いつしか彼女は陰でそう呼ばれることとなった。

第一章　似た者同士

「ほら、見て。テオフィルが今日も踊りたそうにヴィヴィをじっと見つめているわ」

　華やかな王宮舞踏広間の片隅で、ムーレヴリエ伯爵家、嫡男のテオフィルが、淑女三人に囲まれているというのに、ヴィヴィアンヌのほうに物欲しげな視線を送ってきている。

「お母様、若い男性とみるとすぐに恋愛対象にするのはやめていただけませんこと？　幼いころ舎弟扱いをしていたから、いまだにテオフィルは子分気分が抜けなくて指示待ちの視線を送ってきているだけですわ」

　ヴィヴィアンヌの母、コランティーヌが深い溜息《ためいき》をついた。

「こんなことになるならムーレヴリエ伯爵夫人を訪問するときに、ヴィヴィを連れて行くんじゃなかったわ。今や凛々《りり》しい青年に成長したのだからいいじゃないの」

「目の前にほかの女性がいるのに、こちらに視線を送るなんて不誠実ですわ」

　ヴィヴィアンヌより一歳年上なのに背が低かったテオフィルは、十三歳のときにヴィヴィアンヌの身長を抜き、今や長身の貴公子として社交界の若い女性の人気を集めている。

「ヴィヴィ、あなた、もう十八歳なのだから腹を括《くく》りなさいな。テオフィルは見目麗しく、勉学にも馬術にも秀でているわ。男性から逃げてばかりいては駄目。ほら、近づいてきたわよ」

コランティーヌがいらぬ気を利かせて離れていく。

――友だちとしてならいいのに、なんで急に色気づくのかしら……。

問題はテオフィルにときめかないことだ。いくら真面目な顔をされても、鼻から山羊乳《やぎちち》を出していたころの間抜け面《づら》が重なるのだ。

――こういうときは……。

逃走だ。

――この広間さえ出れば、きっと諦めるわ。

ヴィヴィアンヌは回廊に出て、広々とした大理石の階段を駆け下りる。階段の踊り場で振り返ったが、そこにテオフィルの姿はない。

ヴィヴィアンヌはほっと息を吐いて一階に下りた。

と、そのとき、頭上から声が降ってきた。

「逃げても無駄だ。今日は諦めないよ?」

――なんの決意をしているっていうの⁉

「私、ちょっと急ぎの用を思い出したの。テオフィルは広間にお戻りになって」

ヴィヴィアンヌは回廊を速足で抜けて中庭に出る。そこにはナナカマドの木があった。秋の夜風を受けて涼しげに葉を揺らしている。

ヴィヴィアンヌは高木を見上げて、ごくりと唾を飲み込んだ。

回廊からテオフィルの声が聞こえてくる。

「こんな人気《ひとけ》のないところに私を連れ込んでどうしようっていうんだ？」

テオフィルがホワイトブロンドをかき上げ、にやけながら足を踏み入れたとき、中庭には誰もいなかった。

ヴィヴィアンヌはドレスをまくり上げ、ものすごい勢いで木に登ったのだ。

テオフィルが不思議そうにきょろきょろしているのを、ヴィヴィアンヌは上から眺めてほっとひと息ついた。

やがてテオフィルが中庭から出ていく。ヴィヴィアンヌはしばらくここに隠れていることにした。見上げると天上には大きな丸い月――。

――きれい。

手を伸ばせば、掴《つか》めそうである。

ヴィヴィアンヌが両手を掲げたその瞬間、男の低い声がした。

「動くな」

――誰？

両手を上げたまま声のほうに視線を落とすと、バルコニーには、ダーツでもするみたいに短剣を構えた黒髪の男がいる。

——ええっ⁉

男は背後から広間の光を浴びていて表情がよく見えない。

なぜ命を狙われるようなことになっているのか理解できないまま、ヴィヴィアンヌは万歳をして固まっていた。

すると急に木が激しく揺れ、ヴィヴィアンヌは慌てて頭上にあった枝を掴む。

信じられないことに、男がバルコニーの手すりから木に飛び移ってきたのだ。すぐに、ヴィヴィアンヌが座っている枝を掴んできた。

ヴィヴィアンヌよりかなり下にある枝に立っているというのに、ヴィヴィアンヌと顔の位置が同じだ。

「ひ……」

短剣を突きつけられ、ヴィヴィアンヌは声を失った。

「女か？　こんなところで何をしている？」

ヴィヴィアンヌは恐ろしくて手を掲げたまま、瞳だけ短剣のほうに向ける。

「なんで手を上げているんだ？」

男が呆《あき》れたようにそう告げ、短剣を腰の鞘《さや》に戻した。

ヴィヴィアンヌはようやく人心地を取り戻す。

「つ、月が丸々としてきれいで……掴めそうだなって……でも、動くなって……だから、手……上げたまま」

そう口にしてから、ヴィヴィアンヌはなんて間抜けなことを言っているのだろうと自分が恥ずかしくなる。月が掴めるわけがない。

——これじゃ、余計不審に思われるわ……。

「月……?」

男が顔を上げる。

——え? すごくきれいな瞳……。

彼の緑眼《りょくがん》は月光を浴びて、澄んだ湖のような透明感があった。

「これは、確かに……掴めそうだ」

同意してもらえるとは思ってもいなかったので、ヴィヴィアンヌは急にうれしくなる。さっきまで命を狙われていたのも忘れ、両手で輪を作って中に月を収めた。

「ほら、掴めたでしょう?」

ヴィヴィアンヌが得意げに男のほうに顔を向けると、彼はその美しい瞳をわずかに見開いた。

「……本当だ」

男も手を伸ばした。長い腕だ。両手の骨ばった人差し指と親指それぞれをくっつけ、円を作った。ヴィヴィアンヌより円がずいぶん大きいので月が小さく見える。

「私も捕まえたぞ」

ヴィヴィアンヌは男に見つめられる。最初のような殺気は感じられない。

「あ、あなたどなたですの？　なぜ私に刃を……？」

「私が誰かわからないのか？」

ヴィヴィアンヌは双眸《そうぼう》を細めて観察する。

よくよく見ると、彼は整った顔をしていた。漆黒の眉がきりっと左右に伸び、鼻は高く、鼻筋がすっと通り、口元は緊《しま》っている。そして、肩幅が広く、黄金の肩章《エポレット》からは肩帯《サッシュ》が掛かっている。

――ん？　肩帯《サッシュ》？

「もしかして……？」

「ヴィヴィアンヌ様、どちらにいらっしゃいます？　奥様がお捜しでございます」

侍女の声が聞こえてきて、ヴィヴィアンヌは焦った。満月が真上にあるということは、もう夜更け。お開きの時間である。

「し、失礼いたします！」

ヴィヴィアンヌはものすごい勢いで木からするすると下り、中庭から出た。

一階の回廊で侍女が心配そうにしていて、ヴィヴィアンヌを見つけると、安堵《あんど》の表情を浮かべた。ヴィヴィアンヌはそのまま馬車の停車場に連れて行かれる。

馬車の中では肩を怒らせた母親が待っていた。

「お母様、ご心配おかけして申し訳ございません」

「テオフィルが、ヴィヴィアンヌが急にいなくなったと心配なさっていたわよ」

——誰のせいだと！

テオフィルへの怒りを隠して、ヴィヴィアンヌは曖昧な笑みを浮かべる。ついさっき、母親に知られたらまずい案件をこしらえたばかりだ。

——肩帯《サッシュ》をするのは国王様ぐらいよね。

遠巻きにしか見たことがないので気づくのが遅れたが、あれはまさしくこのノディエ王国の若き国王、ジェラルドである。彼は不愛想で、臣下の追従《ついしょう》に、にこりともしないので皆から恐れられている。だから、ヴィヴィアンヌは近寄ることもなかった。

その国王に不審者扱いされた上に、国王の顔さえ碌《ろく》に覚えていないことがばれ、しかも挨拶もせずに逃げ去った。

——いえ、挨拶しなくてよかったのよ。

このまま黙っていれば、木登り女が誰なのかわからないままで終わる。

——そうよ。一介の伯爵令嬢にすぎない私に国王様が気づくわけがないわ！

　ヴィヴィアンヌは男女の思惑入り乱れる舞踏会は嫌いだが、女友だちを招くお茶会は好んでよく開いた。

　今日もフォルジュ伯爵邸の中庭では、十代の淑女たちのかわいらしい笑い声が響く。男らしいヴィヴィアンヌは女性人気が高く、八人もの淑女がテーブルを囲んでいた。

　白いレースのテーブルクロスの上には、お菓子とお茶とともにピンクやオレンジのダリアが飾られていた。秋に入り、涼しくなってきたのでお茶会日和だ。

「ヴィヴィ様、今日は風が気持ちいいですわね」

　ヴィヴィアンヌは彼女を慕う淑女たちから憧れをこめて『ヴィヴィ様』と呼ばれていた。彼女を囲む会は通称『ヴィヴィ様会』だ。

「そうね。秋になって剣の稽古にせいが出ますわ」

「さ、さすがです〜！」と、皆が目をくりくりとさせて見つめてくる。

　ヴィヴィアンヌは弟五人に囲まれて育ったので彼女たちがかわいらしくて仕方ない。

　ルジャンドル侯爵家のロゼールがカップをソーサーに置き、色っぽい瞳をヴィヴィアンヌに向けた。ヴィヴィ様会一の美人だ。

「そういえば皆様、来週、王宮舞踏会が開かれるってご存知？」

「え？　王宮？　一週間前に開かれたばかりでしょう？」

ヴィヴィアンヌは木の上でのことを思い出して、冷や汗をかく。

「舞踏会嫌いの国王様としたことが珍しゅうございますわね」

ある淑女の言葉に、ヴィヴィ様会唯一の既婚者であるディアヌが反応する。

「王太后様が、国王様が女性と出会う機会を増やそうとなさっているのではないかしら?」

ディアヌは王太后ともゆかりのある名門マレシャル侯爵家に嫁いだので、いろいろ知っていることもあるのだろう。

「まるで私の母と同じですわね」

ヴィヴィアンヌは深く溜息をついた。結婚相手が見つからないことについて毎日、母親から小言を言われているのだ。

「あら。テオフィル様がヴィヴィ様にご執心と、専《もっぱ》らの噂《うわさ》ですわよ?」

「まあ、そんな噂が? 幼馴染《おさななじみ》で子分扱いしていたから、いまだに付いてくるだけですわよ」

こんな噂で外堀を埋められては敵《かな》わない。ヴィヴィアンヌが渋面になったというのに、皆の目の輝きが増した。「かっこいいですわ」と、口々に賞賛される。

「皆様、感謝申し上げますわ。皆様がいらしてくだされば私、結婚なんかしなくてもいいって思いますの」

クスクスという小さな笑い声が起きる。小鳥のさえずりのようで耳に心地よい。

そこに最近、声変わりをしたばかりの三男、コンスタンの低い声が重なった。

「お姉様、剣のお相手をしてくださいな」

　十三歳のコンスタンは練習用の短剣を持ってやる気満々だ。練習用といっても、刃部分を革袋で覆っているだけで重さは本物と変わらない。

「今はお茶の時間だからあとでね」

　ヴィヴィアンヌがそう諭《さと》したところで、「剣のお稽古が見たいですわぁ」と淑女たちが沸いた。またしてもきらきらとした瞳を向けられ、ヴィヴィアンヌは披露しないわけにはいかなくなる。

「皆様のお茶の余興になるなら、私、お見せしますわ」

　ヴィヴィアンヌは立ち上がり、脇にある迷路庭園の、花壇と花壇の間にある空き地までコンスタンを連れて行く。勢いよく短剣を撥《は》ね上げて飛ぶことがあるのでテーブルと距離を置いた。

「花壇に足を入れないルールよ！」

　ヴィヴィアンヌが短剣を構えると、コンスタンは「はいっ」と答える。

「コンスタン様も頑張ってー」という黄色い声が届いて、コンスタンもまんざらでもない様子だ。

　コンスタンはヴィヴィアンヌより小柄なのに圧されることなく、ヴィヴィアンヌが振り下ろした短剣を刃部分で止め、また逆に隙あらば彼女の上体に突きつけてくる。

「上達したわね」

しばらく革のカバーがぶつかり合う鈍い音が続いていた。

「隙あり！」

ヴィヴィアンヌは弟の首の少し手前で剣先を止めた。

「うわっ」

ヴィヴィアンヌが得意げな顔になったところで「降参です」と、コンスタンが短剣を腰ベルトに提げた。

とたん、ぱちぱちと拍手が起こり、そこに「素敵ですわぁ」「ヴィヴィ様が男性だったらよかったのに」などといった感嘆の声がかぶさる。

――ある意味、男みたいなものなのよ。

ヴィヴィアンヌの胸はかろうじて女子だとわかる程度のふくらみしかなかった。おかげで動きが男子並みに俊敏だが、ドレスが似合わないので、下乳部分に綿花を詰めている。

「私、女性に生まれてよかったですわ。男性だったらおひとりを選ばないといけませんでしょう？　皆様が素敵すぎて、私、ひとりを選べませんもの」

ヴィヴィアンヌは淑女たちに凛々しい笑みを向けた。

――女友だちなら、いっしょに暮らしたら楽しいだろうと思えるのに……。

なぜ人生をともにするのは男でなければいけないのか。恋を知らないヴィヴィアンヌには理解できなかった。

「ねえ、お母様。私、次回の王宮舞踏会は休みたいわ。この間、開催されたばかりでしょう？」

ヴィヴィアンヌは王宮舞踏会をさぼりたくて、母親の部屋に頼みに来ていた。

くるっとこちらを向いた母親の顔は、悪魔と見紛《みまご》うくらいに眉と目が吊《つ》り上がっている。

「え、いいえ、ぜひ参加しとうございますわ。急にしたくなりましたわ」

母、コランティーヌには頭が上がらないヴィヴィアンヌだ。

「ヴィヴィ、あなた、ご自分の歳《とし》のこと、おわかり？」

「は、はい。十八歳といえば、嫁き遅れと言われても仕方のない年齢でございます」

「今日もお嬢様たちを前に剣を振るって大立ち回り。そんな噂はすぐさま社交界中に広まるわ。せっかく美しく産んであげたのに、本当にお嫁に行く気があるの⁉」

――ない、そんなもの、あったことがない。

だが、本音を言うと母親が本物の悪魔になってしまう。

「いいえ、素敵な殿方がいらしたら、今すぐにでも結婚したく思っておりますわ」

これだって本音だ。

ヴィヴィアンヌは恋愛には興味はないが、恋愛小説は好んで読んでいた。きっかけは母親だ。

母、コランティーヌは、娘のヴィヴィアンヌが五人の弟に囲まれて、どんどん男らしくなっていくことに危機感を持っていた。

そこで目を付けたのが、娘の読書好きだ。ヴィヴィアンヌは父親所蔵の歴史書や算術、語学などのかわいげのない本を片っ端から読んでいた。

コランティーヌは娘に恋への憧れを持ってもらおうと、恋愛小説を買い与えた。

だが、得てして子というのは親の意図通りにいかないものだ。ヴィヴィアンヌは恋愛小説に夢中になったが、結果的には恋愛対象の許容範囲がいよいよ狭くなっただけだった。

ヴィヴィアンヌは小説の中で真に〝素敵な殿方〟を知ってしまったのだ。

最も大事なのは身分の高低ではなく一途《いちず》さである。ヒロイン以外の淑女には目もくれず、ヒロインだけを大切にしてヒロインを一生愛してくれる男性だ。彼らは大抵、背が高くて美形で頭がよくて身体能力が高い裕福な紳士だった。

だが、そんなヴィヴィアンヌの理想は、恋愛小説を買い与えた母によって一蹴《いっしゅう》される。

「素敵な殿方？　そんなものたくさんいらっしゃるわよ。結婚は恋愛とは違うの。お家柄が素敵な嫡男が素敵な殿方なのよ」

コランティーヌはきっぱりと言い放った。

浮気性な夫に悩まされている母親がそう言うと却《かえ》って説得力があるというものだ。母は父と結婚したのではない。伯爵家嫡男と結婚したのだ。

「……はい。わかっております」

――こうなったら仮病しかないわね。

国王は王宮舞踏会以外の舞踏会には滅多《めった》に顔を出さない。王宮舞踏会さえ避ければ、暗闇で顔を見られただけなのだから、そのうち忘れ去られるだろう。


昼は馬を駆け、剣を振るい、難しい書物を読みこなすヴィヴィアンヌだが、夜になると彼女は変わる。

ベッド脇に置いた黄金の花飾りが美しい枝付き燭台《ジランドール》の光のもと、お気に入りの恋愛小説を開いて理想の殿方との逢瀬《おうせ》を愉《たの》しむ。『緑の瞳に囚《とら》われて』のヒーローが特にお気に入りだ。

そういえば国王もきれいな緑眼をしていた。

――いやだわ、国王様をそんな目で見るなんて！

そう自戒してから、ヴィヴィアンヌは思い直す。

――いいえ、顔だけなら使えるし、心の中だけなのだから不敬もばれないわ。

とりあえず顔だけ拝借して読むことにした。するといつもよりリアリティが増し、まるでここにヒーロー、エティエンヌがいるような気さえする。

――愛しているわ、ジェラルド……じゃなくて〝エティエンヌ〟！

王宮舞踏会の日、ヴィヴィアンヌは予定通り急な腹痛に襲われて寝込んだ。

「あー、残念ですわぁ」

ヴィヴィアンヌはベッドでそう呻《うめ》いて、ちらっと脇の椅子に座る母親の顔色を窺《うかが》った。

母、コランティーヌの目が据わっている。

——怖い！

「わかりました。こうなったら、私が相手を探してくるしかないようね」

——ものすごーく、いやな予感！

どんな不細工をあてがわれるのか。または子分だったテオフィルをご主人様と呼んで媚《こ》びへつらう屈辱的な日々が待っているのだろうか。

本当に寒気がしてぶるるっと震えると、侍女が心配そうに顔を覗《のぞ》き込んできた。

仮病のために食欲のないふりをしていたので、翌朝、ヴィヴィアンヌは嬉々《きき》として食卓に向かった。いつものように父母と弟五人とでテーブルを囲む。

給仕が、銀製のトレイで温かいスープを運んできた。

——この匂い、もしや雉《きじ》のポタージュ？

大好物が自分の前に置かれるのをヴィヴィアンヌが今か今かと待っていたところ、コランテイーヌの上機嫌な声が耳に入る。

「テオフィルが結婚してもいいっておっしゃっていたわよ」

「えっ？」

あまりに唐突でヴィヴィアンヌが理解するまで少し時間がかかった。そもそも『してもいい』とはどういうことか。テオフィルの分際で生意気である。

「私はよくないないです」

「我が伯爵家としては良縁よ。ですわよね？」

コランティーヌが夫であるフォルジュ伯爵に顔を向ける。有無を言わさぬ眼力に、伯爵は「ムーレヴリエ伯爵とは仲がいいから、親戚関係になれるのはうれしいよ」とだけ答えた。

ヴィヴィアンヌは臥《ふ》せっている間に外堀を埋められたことに気づいて唖然《あぜん》とする。目の前に雉のポタージュが置かれているのに気づかないぐらいの衝撃だった。

――小説だって、幼馴染ものだけは惹《ひ》かれないのに！

だが、そんなことを母親に言っても火に油を注ぐだけだ。

――こうなったらテオフィル自身に結婚したくないと思わせるしかないわ。

ちょうど一週間後、自邸で舞踏会がある。テオフィルを中庭に呼び出して、自分のいやなところ、駄目なところを教えて諦めさせるしかない。

――私には奥の手があるし。

どうせテオフィルは金髪碧眼《へきがん》のヴィヴィアンヌの顔が好きなだけだ。いざとなれば貧乳であることを告白すればいい。きっと退《ひ》く。テオフィルが言いふらして社交界中の男性に知れ渡ったとしても、それはそれで好都合というものだ。

——伯爵家で老嬢としての一生をまっとうしてみせようじゃないの！

そんなわけで、ヴィヴィアンヌはテオフィルに、舞踏会のときに話す時間が欲しいという趣旨の手紙を書いたのだった。

ヴィヴィアンヌが家族の団欒《だんらん》の間《ま》で、母、コランティーヌから刺繍《ししゅう》の指導を受けているとき、侍女が興奮の面持ちで現れた。

「奥様、たった今、王家の使者が信書をお持ちになりました」

侍女が銀製トレイを差し出したので、その上にある信書とペーパーナイフをコランティーヌが手に取る。その信書の封蠟《ふうろう》に刻印されているのは、まぎれもない王家の鷲《わし》の紋章だった。

コランティーヌはすぐにナイフで開封した。読み始めると彼女の瞳がみるみる見開かれていく。

「大変よ！　国王様が明後日の、うちの舞踏会に参加なさりたいとのことよ！」

隅の長椅子で本を読んでいた長男、クロードが顔を上げた。

「もしや私の社交界デビューの日と知ってのことですか？」

コランティーヌは興奮した面持ちで立ち上がる。

「重臣だって、子どもの社交界デビューどころか結婚披露宴でも参加してもらえないのよ!?　なぜ、我が伯爵家に!?　しかも二日しかないわ!!　料理をもっと豪華にして……あと、国王様用の黄金の椅子とその下に敷く特別なカーペットと……」

コランティーヌが震える声でまくし立てながら部屋を出ていった。

普段なら刺繍の時間が予定より早く終わって喜ぶところだが、今回ばかりはヴィヴィアンヌは真っ青になっていた。

短剣を手に睨《にら》んできた国王の射るような眼差《まなざ》しを思い出す。

――もしかしてあの木、王宮の大事な木だったのではないかしら。

国王がお怒りなら、とにかく二度と登らないからお許しを、と憐《あわ》れに懇願するしかない。ヴィヴィアンヌが思案をめぐらせていると、次男のパトリスがこんなことを言い出す。

「……まさか、兄上が目当てではないですよね？」

「どういうこと？」

ヴィヴィアンヌは意味がわからないまま、長男クロードのほうに目を向ける。

「だって……国王様は女性がお嫌いでしょう？」

「え？　国王様は男性がお好きなの？」

「ええ。有名な話ですよ。中でも絶世の美男と噂のデルボネル辺境伯とはただならぬ仲だとか」

情報通のパトリスが言うことなら間違いない。

――なら、作戦変更ね。

女がかわいく懇願しても無駄というものだ。ヴィヴィアンヌはクロードに鋭い眼差しを向けた。弟は、姉と同じ青い瞳にくりんくりんの黄金の睫毛《まつげ》を瞬《しばたた》かせている。

――いざとなったらクロードに謝らせたらいいわ。

クロードは急に寒気を感じたようで、ぶるりと震えた。


舞踏会当日、フォルジュ伯爵一家は一番下の弟まで勢ぞろいで、エントランスで国王を待ち構えていた。

ヴィヴィアンヌは王宮舞踏会で仮病を使ったばかりなので、今日はもう観念して出るしかなかった。

――仮病カードを切る時機を見誤ったわ。

ヴィヴィアンヌは隠れるように、末の弟の後ろに立っていた。

カッカカッと騎馬の近衛兵《このえへい》が多数近づいてくる蹄《ひづめ》の音がして、ヴィヴィアンヌは扇を広げて顔を隠す。しばらくすると馬車が停《と》まる音がした。

「国王陛下のご到着です」

ヴィヴィアンヌは扇の裏でうつむく。

馬車の扉が開く金属音がすると同時に、両親の興奮した声が聞こえてくる。

「国王陛下、今日はようこそおいでくださいました。嫡男が社交界デビューの日にお越しいただき、大変光栄に思っております」

「そうだったのか。それはめでたいな」

——え？　何、この今気づいたような反応……。

やはり、今日はヴィヴィアンヌを吊るし上げるために来たのだろうか。

「こちらが、本日が初めての舞踏会となる嫡男のクロードですわ」

「国王陛下、謁見のときは優しくお声がけくださり、ありがとうございました。おかげ様でこのたび自邸でのお披露目《ひろめ》となりました。王宮での正式デビューの日が今から楽しみで仕方ありません。まだわからぬことばかりですがご指導のほど、どうぞよろしくお願い申し上げます」

「クロードはしっかりしているから、フォルジュ伯爵家は今後も安泰だな。今度の王宮舞踏会では必ず招待状を出そう」

この低く張りのある声、やはり木に飛び移ってきた男のものだ——。

「恐れ多いお言葉、ありがとうございます！」

両親と弟が口々に感謝の言葉を述べている中、カッカッと国王の靴音が響く。性急なその音はこともあろうに、ヴィヴィアンヌの前で止まった。

「フォルジュ伯爵家には、おひとり令嬢がいると伺っている。お名前は？」

——やっぱり犯人探しに来たんだわ！

ヴィヴィアンヌはうつむいたまま扇を閉じ、スカートをつまみ上げて深く腰を落とす丁寧な挨拶をした。

「初めまして。私が長女のヴィヴィアンヌでございます。本日はお越しくださり、恐悦至極に存じます」

すぐに扇を広げて、再び顔を隠す。

「初めまして……？」

怪訝《けげん》そうな声にヴィヴィアンヌはびくつきながら声を絞り出す。

「は、はい。陛下のことは遠巻きに拝見することしかありませんでしたから、このように間近で拝謁して大変緊張しております」

「そこまで固くならずともよいだろう？」

国王が視線をヴィヴィアンヌの両親のほうに移した。

「伯爵ご夫妻、今宵《こよい》はヴィヴィアンヌ嬢と踊りたいのだが、よいな？」

敵もさるもの。ダンスとなれば、顔を扇で隠すことができない。

「まあ、まあ、これはまたさらに光栄なことですわ。ぜひ、お願い申し上げます」

母親の声は普段より一オクターブ高かった。ヴィヴィアンヌが、これから取り調べを受ける罪人にでもなった気分だとも知らずに――。

ヴィヴィアンヌが盾にしようと思っていた下の弟四人は、社交界デビュー前なので自室に戻ってしまう。

国王の両脇を固め、自邸と長男を紹介しながら歩く両親の後ろを、ヴィヴィアンヌはすごすごと付いていった。

舞踏広間に着くと、客人たちの間でどよめきが起こる。国王は元々舞踏会が嫌いなこともあり、臣下の舞踏会に参加することなど滅多にない。

両親がともに誇らしげにヴィヴィアンヌのほうに顔を向け「さ、前へ」と国王の隣に付くよう促してくる。

その際、母親に「扇、掲げすぎよ」と耳打ちされたが、ヴィヴィアンヌは頑《かたく》なに下げなかった。コランティーヌにしたら、娘の美貌を国王に印象づけるチャンスである。

「この娘、恥《こ》ずかしがり屋なものですから、陛下を前に緊張しているようですわ」

――まったく呑気《のんき》なものだわ。

娘が不敬罪か何かに問われようとしているというのに、母親は嬉々として捜査官に娘を差し出そうとしている。

「よほど余が怖いらしいな」

――こ、これから怖いことをするつもりなのね！

ヴィヴィアンヌが慄《おのの》いていると、コランティーヌが一歩前に出た。

「そんなことありませんわ。ヴィヴィアンヌは陛下に憧れるあまり、扇から顔を出せないようですわ。ダンスのときに邪魔ですわね」

「あ……」

母親に扇を取り上げられ、ヴィヴィアンヌの顔が晒《さら》された。ヴィヴィアンヌはうつむいたまま、恐る恐る上目遣いで国王の顔を見る。

国王が険しい眼差しを向けてきた。

――殺される！

ヴィヴィアンヌが慌てて視線を落とすと、彼の腰に黄金の鞘が提《さ》がっていた。ヴィヴィアンヌを狙った短剣だ。舞踏会だというのに無粋である。

――あのとき両手を上げなかったら、的《まと》として刺されていたんだわ……。

ヴィヴィアンヌがぶるりと恐怖で身震いしたところで、国王に手を取られた。

「さあ、踊ろう」

周りを見渡すと誰も踊っていない。国王と自分の周りに空間ができていた。貴族たちはいつしか、ふたりから一定の距離を取って円になっていたのだ。

――もしかしてファーストダンスは私と国王様？

皆の視線が中央のふたりに注がれている。

――ちゃんと踊れるかしら……。

「顔を上げて？」

「は、はい」

――やっぱり美形だわ。

月光のもとでは神秘的だった彼の瞳は、蠟燭が煌々《こうこう》と灯《とも》されている舞踏広間では、理知的に輝いている。

楽団が音楽を奏で始めた。ヴィヴィアンヌは女性にしては背が高いほうだが、国王はヴィヴィアンヌよりさらに頭ひとつ分高い。なので、ヴィヴィアンヌより脚が長いはずなのだが、彼女の歩幅に合わせたステップを踏んだ。

――踊りやすい！

「ヴィヴィアンヌ。木に登っていたのを親に知られたくなくて、私と会ったことがないふりをしているのか？」

さすが、やり手捜査官。いきなり取り調べスタートである。ヴィヴィアンヌにしたら、嫡男のお披露目の日に、伯爵家お取り潰しだけは避けなければならない。

「え？　木？　なんのことでしょう？」

「私の前でしらばっくれるな」

彼の眼光は鋭く、ヴィヴィアンヌは縮みあがった。

――これ以上嘘《うそ》をつくと、さらに恐ろしいことが起こりそうだわ……。

「申し訳ございません。そうです。あの大切な木に勝手に登ったのは私です。もちろん二度としませんし、心より深く深く反省しているので、何卒《なにとぞ》お赦《ゆる》しいただけませんでしょうか」

「赦す……？」

ものすごい威圧感である。

――やっぱり赦されざることをしたんだわ、私。

「しかもご挨拶もしないままその場を去って、大変不敬な行いでした。本当に申し訳ございません」

ちらっと弟に目をやる。今日は馬子にも衣装で、いつもより美少年美少年している。

「ですが、今宵は弟が社交界に初登場する日でございます。弟に免じてお赦しいただけませんでしょうか」

――クロード、ごめんなさい、こんな姉で。今日あなたを身売りします。

繋《つな》いだ手が小さく震え始めた。

――弟を差し出すなんておこがましかったかしら？

「あ、あの……本当に反省しておりますので……」

「なぜ、反省する必要がある？」

「え、だって、短剣を手にこちらを睨んでいらしたでしょう？　よほど大事な木だったのかと」

クッと小さな笑いが漏れた。

――この人でも笑うのね……。

「あんな木などどうでもいい。ただ、木が不自然に揺れたので、誰か怪しい者が潜んでいるのではないかと短剣を構えただけだ。まさか令嬢が、ドレス姿で木に登れるなどとは思ってもいなかった。驚かしてすまない」

ヴィヴィアンヌは放心して体から一気に力が抜け、へなへなとそこにへたりこみそうになった。いや、国王が腕で背を支え、手を引っ張り上げてくれなかったら、その場で倒れこんでいたことだろう。

「大丈夫か？　そういえば王宮舞踏会に招待したのに来なくて……病み上がりだったな？」

「いえ、陛下、私、とても緊張していたものですから……」

ちょうどそこで音楽が終わり、なんだか、ふたりはかっこいいポーズを取ったかのようになった。

国王のダンスが終わったので、貴族たちが我先にと挨拶をしにやって来る。あっという間に、ふたりの周りに人だかりができた。国王の横に立つヴィヴィアンヌは空気のような存在だが、ただひとり、ヴィヴィアンヌ目当てで近づいてきた者がいた。幼馴染のテオフィルだ。

「手紙、見たよ。今日、私に言いたいことがあるなんて意味深だなぁ」

国王のことで、すっかり忘れていたが、ヴィヴィアンヌはそんな信書を送ったのだった。

彼女はテオフィルとの間に扇を掲げようとしたが、母親に没収されたままだと気づいて、あえなく顎に指を置き、顔を近づけて話した。

「頼みごとなのよ」

「なんだ？」

テオフィルがにやついた。

何か勘違いされているようで、ヴィヴィアンヌの背筋に悪寒が奔《はし》る。

「私、もう十八歳でしょう？　だから母が……」と、ヴィヴィアンヌが言いかけたところで、ぐいっと腕を取られる。国王が彼女の肘を掴んでいた。大きな手だ。

「ヴィヴィアンヌ、今日の主役は余ではないはずだ。弟君を皆に紹介しようではないか」

――よかった〜！　本当に怒ってないいんだわ。

「あ、あ、ありがとうございます」

そして、この男色家の目当ては弟のクロードだと、ヴィヴィアンヌは確信した。

ヴィヴィアンヌが弟と両親に目配せすると、三人ともこちらにやって来た。国王がクロードの手を取って掲げ上げる。すると舞踏広間は一斉に静まり返った。

「社交界に、またひとり優秀な人材が加わるぞ。フォルジュ伯爵家の嫡男、クロードだ。皆、よく面倒を見るように、頼むぞ」

拍手が起こる中、国王はクロードの肩を軽く叩《たた》き、挨拶するよう促した。

「国王陛下にご紹介いただき、皆様にお目にかかれて光栄に存じます。私がフォルジュ伯爵家のクロードでございます。まだ十六歳の若輩の身。今後、ご指導のほど、どうぞよろしくお願い申し上げます」

割れんばかりの拍手が起こる中、母親など目を潤ませて何度もうんうんと頷《うなず》いている。

──国王に紹介されるのってこんなに意味のあることだったのね。

国王がヴィヴィアンヌのほうに体を向けた。

「そして、今日、もうひとつ発表がある」

再び会場が静まり返った。

「余は今からフォルジュ伯爵家のヴィヴィアンヌ嬢に求婚する」

ヴィヴィアンヌは扇もないまま口をあんぐりと開けて固まってしまう。この国王がやることはいつも唐突すぎて、初見以来ヴィヴィアンヌは固まってばかりだ。

国王が長い脚を曲げて、ヴィヴィアンヌのもとにひざまずき、手の甲に接吻《せっぷん》を落とした。

最初にヴィヴィアンヌの頭に浮かんだのはこの言葉だ。

──偽装結婚？

クロードとは男同士で結婚できないものだから、姉を身代わりにする気ではなかろうか。
ヴィヴィアンヌは弟とその隣にいる母親を一瞥《いちべつ》した。コランティーヌは怖いくらいに目を見開いて、ぶるんぶるんと頭を上下に振っている。

――承諾しろということね。

そもそも、国王から頼みごとをされて断れる貴族などいない。

「わ……私でよろしければ……謹んでお受けいたします」

わーっと広間中に大歓声が響いた。国王が求婚する瞬間など滅多に見られるものではない。

国王はすっくと立ち上がる。目の前に高い壁ができたようだ。ヴィヴィアンヌは、かっくんと首を反《そ》らせて彼の顔を見上げた。

国王の瞳は意外にもヴィヴィアンヌに向けられていなかった。彼の視線の先を追うと、そこには頓馬《とんま》なほどに目を丸くしているテオフィルがいた。

――もしかして国王様の本命はテオフィル？

さっき、ヴィヴィアンヌがテオフィルと会話をしているとき、ふたりを引き裂くかのように国王が求婚したのは、そういうわけか。

それなのに、ヴィヴィアンヌは国王の大きな手で手を繋がれると、胸が高鳴り、顔が熱くなってくる。彼が『緑の瞳に囚われて』のヒーローに似ているせいかもしれない。

「これから余はヴィヴィアンヌ嬢とふたりきりになりたいので、皆はダンスを楽しんでくれ」

さらに高まった歓声はやがて拍手へと変わり、パチパチと手を叩く音が渦まく中、ヴィヴィアンヌは国王に手を引かれて舞踏広間を辞す。

――は、恥ずかしい～！

「陛下、あ、あのまだお会いしたばかりなのに本気でいらっしゃいますか？」

「本気だ。会ったばかりだとまずいというなら、何回でも会ってやる」

ヴィヴィアンヌは半眼になった。

というのも、恋愛小説のような甘い言葉なのに国王の表情といえば、ぎろりと睨むような眼差しで口元はきりっと結ばれていたからだ。

ヴィヴィアンヌの大好きなヒーロー、緑眼のエティエンヌならば『目を優しげに細め』たり、『唇が弧を描い』たりするところである。

――これは本音ではないということかしら？

「私と会いたくないのか？」

彼は目を細めたが、それは決して『優しげ』ではなく不遜で高圧的だった。

「い、いえ。陛下、とんでもない。そんなことはありません！　ものすっごく、とってもお会いしとうございます」

「もう婚約したも同然だろう？　陛下はやめて、ジェラルドと呼んでくれないか？」

――ど、同然なの……!?

「は、はい……陛……ジェラルド様」

「様が邪魔だ」

「ジェラルド……」

ヴィヴィアンヌは自分で自分の置かれている状況が呑《の》み込《こ》めない。雲の上の存在だった国王と手を繋ぎ、『ジェラルド』だなんて、ファーストネームを呼び捨てにしているのだ。

——このあと不敬罪で殺されたりしないわよね？

「ヴィヴィアンヌ、あれだけ木登りが上手だったのだから、この庭にもあるんだろう？」

「えっ？　木？」

気づいたら、ヴィヴィアンヌはエントランスまで来ていた。

「上の空だな？」

ジェラルドが目を眇《すが》めたので、ヴィヴィアンヌは震え上がる。

「ご、ごめんなさい！　木、そう、陛……ジャラルドは、木登りがお好きなんですのね」

「ジェラルド」

ますます不機嫌そうに双眸が細まった。

「きゃぁ！　舌がもつれて失礼いたしました！」

そのとき、ジェラルドの表情に変化が現れた。口元がわずかにゆるんだように見える。

——笑った？　まさかね。

「君との木登りは……楽しかった。満月も捕まえられたし。それなのにすぐに消え去って……月の精か何かと……」

こんな歯の浮くような台詞《せりふ》なのに、国王の瞳は相変わらずきりっとしたままだ。

──表情を気にするのはやめよう。

「……ジェラルドをご案内するなら太い枝にしないといけませんわね」

「細い枝でも君を抱きとめて着地してやるから大丈夫だ」

あまりの不意打ちに、ヴィヴィアンヌは顔から火が出そうになった。

──この人、一体どうしちゃったのかしら。

ノディエ王国の国王といえば、剣の鍛錬が趣味で、女よりも他国との交渉をお好みで、いつも厳しい表情を浮かべた知性派だったはずだ。

だが、この目の前の男はヴィヴィアンヌの手をがっしりと掴み、ヴィヴィアンヌの一挙手一投足までも見逃さないとばかりに注視し、前を向かずに顔を横に向けたまま歩いている。

睨んでいるような目つきだが、興味がなければこんなに見ないだろう。

ヴィヴィアンヌは、伯爵家が誇る樹木庭園へと案内した。人工池の向こうにずらっと様々な樹木が並んでいる。もちろんどれも登ったことがある。

中央にある最も枝ぶりのいい木まで国王を案内した。まだ初秋なのでこんもりと緑をまとい、清涼な香りが匂い立つ。

「立派なケヤキだ。樹齢千年はいっているな」

「そうなんです。あまりに見事なので、この木を中心に庭を設計したそうですわ」

「おいで」

ジェラルドがぶら下がるように大きな枝を掴み、ヴィヴィアンヌのほうに手を伸ばしてくる。国王は他人の庭においても支配者のように振る舞う。だが、それがとても自然だった。

——これが王者の風格ってやつかしらね。

ヴィヴィアンヌがおずおずと手を載せると、彼は力強く、ぐいっと引っ張り、抱き上げるように太い幹に座った。

ヴィヴィアンヌの腰は、その大きな手で支えられ、体はジェラルドにぴったりとくっついている。

「ヴィヴィアンヌ」

まじまじと見つめられたかと思うと、彼の顔が近づいてきた。ヴィヴィアンヌが反射的に後《あと》退《ずさ》ったので、バランスを崩したが、彼にぐっと腰を引き寄せられ、さらに密着してしまう。

——心臓が転げ落ちていきそうだわ！

「いやか」

先ほどの張りのある声とは打って変わって切なげな掠《かす》れ声だった。

その声に酔いしれそうになりながらも、ヴィヴィアンヌはうつむく。

「いやかどうかもわかりませんわ」

「ほかに好きな男でもいるのか」

突然、ぎろりと睨まれた。

――ひぃー！

「い、いえそんなものは……。私、できれば一生、結婚せずに伯爵家の片隅で暮らしたいと思っていたぐらいでございます」

「それはなぜ？」

「結婚したいと思える男性がいませんし、弟たちと遊んでいるのが楽しいんです」

「私とはまだそう思えないと？」

「ええ。それはそうでしょう？　ジェラルドがなぜ私と結婚しようとしているのかがわかりませんもの」

「気に入ったからだ」

その真摯な眼差しに嘘はないように思う。

「女性はお嫌いなのではないのですか？」

「ヴィヴィアンヌ以外の女は好きではないが、何か？」

どうやら、女の中ではトップの位置にいるらしい。

「木登りするところが男らしくてよかったからですか？」

木登りで嫁を決めるなんて、変な話だ。

「いや、ヴィヴィアンヌが気に入ったのだ」

「ですから、どこが」

「全てだ」

真顔である。だが、理知的な美形が真顔で言うことだろうか。

「私の何をご存知だとおっしゃるのです？」

「例えば何を知らないというのだ。教えてくれるとうれしいぞ」

「例えば……」

と、そのとき、停車場に並ぶ馬車が目に入った。

「……実は私、馬に横乗りじゃなくて、脚を広げて跨《また》って暴走しているんです！」

——こんな下品な女を娶《めと》りたい王侯貴族などいないわ！

「それはいい！　私も馬を駆るのが好きだから、いっしょに狩りに行けるな」

「狩り……楽しそ……じゃなくて、例えば……十八にもなって剣を振り回し、弟に剣の稽古をつけているとか」

「ほう。木登りだけでなく、剣もできるのか。私とも手合わせをお願いしたいな」

どうも喜ばれている。

「いえ、まだ死にたくないので遠慮……例えば、貴族女性の嗜《たしな》みである刺繍が壊滅的に下手なんです」

「刺繍など、専門家にやらせればいいのだ」

本気でそう思っている様子だ。

「えっと、例えば……結婚相手が見つからなくて、母親にいつも怒られているとか」

「私と結婚すればもう怒られない、よかったな」

なぜか慰められた。

「し、しかも、今でも成長期の男子並みの食欲で……将来太りそうです！」

「剣を振り回せばお腹《なか》もすくだろうよ」

「それより、私、最近、恋愛小説に夢中なんです！　もっと高尚な本を好まれる方のほうが王妃様にふさわしゅうございますわ」

——そうよ、私みたいな女に一国の王妃が務まるわけないじゃない！

「なんと思慮深い……！　王妃には歴史や文学などの知識が必要なんだ。それがわかっていない女性が多くてうんざりしていた。私がじっくり教えてやろう」

感心される始末である。

「あ、いえ、実は……歴史書はかなり読んで……いえ、でも文学はあまり嗜《たしな》んでおりません」

「そうか。実は私も文学より歴史書が好きなんだ。今度じっくり語り合おう」

もともと口角が下がった唇なのに、ヴィヴィアンヌは下唇を上に突き上げ、唇の形がアーチ状になった。

——出したくなかったが、最終カードを切るしかないか……。

そもそも、これを知らせずに結婚したら、国王を謀《たばか》った罪で後々、牢屋に放り込まれそうだ。

ヴィヴィアンヌはすうっと息を吸ってから一気に言葉を吐きだす。

「例えば、胸が平らすぎてドレスがうまく着こなせないので、ここに綿花を詰めているとか！」

男性に初めて秘密を明かす屈辱に震えながら、ヴィヴィアンヌは自身の胸を指差した。

わずかだが、彼が目を見開いた。唖然とされている気がする。

「もうすでに私に触れられることが前提ということだな？　ヴィヴィアンヌは気が早い」

「えっ、いや。触りたくないでしょう？　そういう話をしているんです。平らなんですよ。男みた……」

——しまった、男がいいんだったわ、この国王様！

「構わん。触らせてくれるなら」

——平らな胸が触りたいんだ！

喜んでいいのか悪いのか。

「それなら、男性と結婚できるように法律を変えたらいいのではないでしょうか？」

国王の眉間にしわが寄った。

ある。

「なんで、男と結婚しなければならんのだ？」

——そうか、男は子を産めないから、結婚しても意味ないものね。

国王には王位を継承する男児が必要なのだ。

ヴィヴィアンヌは、ジェラルドの顔をしげしげと見つめる。かなり美しい子が生まれそうである。

「わかりました。お受けしましょう」

女の中で自分以外を好きにならないなら、身分の高い男としてはいいほうだろう。

「では……」

ジェラルドが頭上の枝を掴んで、もう片方の手で彼女の腰を引き寄せ、顔を近づけてきた。

ヴィヴィアンヌは驚いて再び体を退《ひ》こうとしたが、今度は太い腕が腰にがっしりと回されていて動くことができなかった。唇が近づいてくるので、ヴィヴィアンヌは慌てて、彼の唇との間に手を差し入れた。彼の唇が手のひらに触れただけで、胸がどきりとする。

「女嫌いなのではないのですか⁉」

手首を捕らえられ、そのまま手を繋がれる。大きくてがっしりした手に包まれ、ヴィヴィアンヌはさらに心臓がドキドキしてきた。

「君だけが好きだ」

どうやら女子にして、名誉男子と認められたようだ。

ジェラルドが相変わらず表情をゆるめることなく、鋭い眼差しでそう告げてくるものだから、ヴィヴィアンヌは反論できなくなって口を噤《つぐ》んだ。

ジェラルドが彼女の言葉を待っているかのようにじっと瞳を凝らした。

耳に入るのは、風で葉がこすれる音、コオロギの鳴き声、そしてたまに遠くから風が運んでくる笑い声——。

目の前にある、若葉のような緑眼に漆黒の睫毛がゆっくりと舞い下りる。

——睫毛、長い……。

彼の睫毛が着地したとき、ヴィヴィアンヌの唇に温かいものが触れた。

ヴィヴィアンヌは目を見開いたまま固まっていた。そもそもがっしりと長い腕を巻きつけられ、身動きが取れない。ヴィヴィアンヌのふっくらとした唇を愉しむかのように、ジェラルドが、その薄い唇で上唇を挟むように啄《ついば》み、今度は下唇と、交互に唇を愛撫《あいぶ》してくる。

——何、この気持ち……？

唇が離れたあとも、ジェラルドが顔を近づけたまま視線をからませてくる。彼の透明感のある緑眼から目が離せない。ヴィヴィアンヌは心臓の鼓動で自分の中がいっぱいになってしまったように感じる。

彼はそれから彼女の存在を確かめるかのように軽いくちづけを繰り返す。

キスの嵐のあと、ぼうっとしているヴィヴィアンヌに、ジェラルドは次々と質問を投げかけ

てきた。

「好きな色は？」

「……青です」

「好きな花は？」

「青い花です」

「好きな食べ物は？」

「うずらの卵とロブスターと雉のポタージュです」

といった具合だ。

結局その後、庭を案内してから舞踏広間に戻り、帰り際に再びダンスをしたら、それで満足したのか、ジェラルドは去っていった。

——異様に疲れたわ……。

最後の客をエントランスで見送ったあと、ヴィヴィアンヌが一刻も早くベッドで横になろうと踵《きびす》を返した瞬間、両親と弟に取り囲まれた。

——なんで円陣⁉

「あの、今日いろんなことがあって……私、疲労困憊《ひろうこんぱい》で、早く部屋に戻りたいのですが……」

父親にぽんと肩を叩かれる。

「ヴィヴィアンヌ、でかした。いつの間にか、あの女嫌いで有名な国王を虜《とりこ》にしていたとは！」

「姉上、無駄に美人と思っていたけれど無駄じゃなかったのですね！　おかげで私の将来は前途洋々ですよ！」

背後の弟に顔を向けると、まるでヴィヴィアンヌを拝むかのように手と手を組み合わせて目を潤ませている。

すると斜め前の母親が両手で手を包み込んでくる。

「ヴィヴィアンヌ、理想が高すぎるって非難したことがあったわね。心からお詫《わ》びするわ。あなたの美しさを信じていなかったのは実はこの私だったのよ。理想を高く持っても、その理想を手に入れることができる娘だったのね。それをわかっていなかった母を赦して」

――私の扱いがあからさまに変わっているわ！

現実とは思えないような一日が終わり、ヴィヴィアンヌは死んだように眠りにつく。朝起きたときには、前日のできごとが全て夢のように思われた。

と、そのとき、動揺した侍女の声が耳に届いた。

「国王様から大量のブルーサルビア、リンドウ、ツイーディアなどの青い花々と、うずらの卵、そして生きたロブスターと雉が届いております！」

――現実だった！

第二章　電光石火な国王様

二十四年前、ノディエ王国、国王の第五子にして、初めての男児であるジェラルドが生まれたとき、待ちに待った王位継承者の誕生に王室だけでなく、国民も大いに沸いた。

王太子ジェラルドは、その期待に応えるかのように、歴史学者が舌を巻くような知識と、剣の達人をも降参させるような腕を兼ね備えた文武両道の少年に育った。

なんといっても彼の自制心はすごかった。彼は子どもながらに喜怒哀楽を顔に出さないことを体得しており、名君になるであろうと皆から讃《たた》えられた。

ジェラルドが十七歳で社交界デビューをすると、娘を持つ貴族たちは色めき立った。

彼は誰に申し込まれても拒まなかった。黙々と踊った。そう、黙々と！　身体能力の高い彼にはダンスなど朝飯前だが、踊っている間、自分からは何も話さなかった。淑女からの質問にもそっけなく答えるだけ。それ以外のとき、唇はぎゅっと左右に引き結ばれていた。

彼が二十二歳で即位したとき、さすがに妻を娶るだろうと、娘を持つ貴族たちの攻勢が強まったが、彼は誰かひとりの淑女に執着するということが全くなく、独身のままだった。

他国の王女や有力貴族との縁談も、国王自ら全て断ってしまった。

王妃の不在は由々《ゆゆ》しき事態である。

『女嫌いの鉄面王』

いつしか、ジェラルドは陰でそう揶揄《やゆ》されるようになった。それは、彼が男色家ではないかという疑惑を孕《はら》んだふたつ名だった。


ジェラルドは王宮の食事の間《ま》でテーブルに着いていた。ここは王家専用で、アーチ状の大きな窓から明るい光が入り、それを反射する白壁には黄金の装飾が這《は》っている。

朝と夕、ジェラルドは母親と姉三人とここで食事をとる。四人姉妹なのだが、長女は他国に嫁いで王太子妃となっている。

今朝もジェラルドは女四人に囲まれていた。

「ジェラルド、昨日、王宮が上を下への大騒ぎだったそうじゃありませんか」

二十七歳にして鮮烈なピンクのドレスを着こなす三女オリアーヌが澄ました顔でそう尋ねてきた。尋ねるのはポーズにすぎない。噂を聞きつけた以上、すでにとことん調べ済みで、今、その情報収集力を家族にひけらかしたいだけなのだ。

「あら、何がありましたの？　珍しく舞踏会に出かけたとは聞いておりましたけれど」

王太后がジェラルドのほうに身を乗り出す。彼女の興味はいつだって一人息子のジェラルドのことばかり。二十四歳の彼は正直、それを鬱陶しく感じている。

「ええ。昨晩、フォルジュ伯爵家のヴィヴィアンヌ嬢に求婚し、承諾をいただきました」

王太后はまるで頭上に雷でも落ちたのかというぐらいの衝撃にカッと目を見開いた。

「……どうしてそれを先に、私に告げてくれなかったのです？」

悲壮な表情でそう尋ねられ、ジェラルドは内心、辟易《へきえき》しながらも無表情を維持して答える。

彼が感情表現に乏しくなったのは、国王は感情を露《あら》わにしてはならないという帝王学のせいばかりではない。彼は小さいときから演技過剰な女たちに囲まれ、心底うんざりしていた。

「私は即位してからというもの、計画をすぐに実行に移すことで成果を上げてきました。今回もそうです。母上は以前こうおっしゃっていました。年上でも身分の低い貴族でも女なら、子をなしてくれるなら誰でもいいと」

「え、それは……即位しても結婚したがらないものだから方便で言ってしまったというか……。いい方が見つかったのなら、事前にひと声掛けてくださったらよろしいではありませんか」

ジェラルドは想像してぶるりと震えた。

「舞踏会に出かけて、そこで見初めて即求婚したのでご報告が事後になりましたが、ご不満はありますまい。ヴィヴィアンヌは、私より六つ年下の十八歳で適齢期です」

「まあ、お母様がおかわいそうですわ」

淡い紫色のドレスを身にまとう次女のリゼットが大げさに首を振り、同情するかのように眉を下げて見つめてくる。こうやって母親に加勢してジェラルドを責めるのが大好きなのだ。

「ちっちゃいときは、いつも私たちのあとを追い回していらしたのに、ねえ？」

リゼットが王太后に視線を合わせて、こくりと頷いた。

――二十四にもなって、母と姉たちの尻を追い回せとでもいうのか。

四女のパメラが必要以上に顎を上げて、重大発表するようなポーズを取った。二十五歳の彼女は、年より老けて見えるベージュの地味なドレスを身に着けている。

「お母様、お姉様、そんなことより大事なのは王統の維持であります。フォルジュ伯爵家は多産な家系で、しかも男系。百二十年ぶりに女子が生まれて奇跡と呼ばれているのがヴィヴィアンヌ嬢であります」

――そうか、ヴィヴィアンヌは存在自体が奇跡だったのか。

「まあ、無粋ね。子どもよりも、やはり結婚といえばお相手との相性でしょう？」

三女のオリアーヌがこれ見よがしに溜息をつき、話を続ける。

「ヴィヴィアンヌ嬢といえば、確かに陛下が一目惚《ひとめぼ》れするのもわかる、サファイアのような瞳をした美しい淑女だけれど、『男勝りで男嫌いのヴィヴィ』という異名があるそうですわよ」

王太后の顔に戸惑いの色が浮かんだ。

「男勝りとはどういう意味ですの？」

「男嫌いとはどういうことです?」

王太后とジェラルドから同時に問いが発せられ、オリアーヌは得意げに妹のパメラを一瞥した。オリアーヌのほうがより多くの注目を得たので勝ち、というわけだ。

「まず、男勝りのほうですが、五人の弟といつもいっしょにいるうちに、馬を乗りこなし、剣や弓も相当な腕前になったそうですわよ」

「馬はともかく、け、剣や弓ですって?」

うろたえる王太后をよそに、ジェラルドは、ヴィヴィアンヌはなんと正直者なのだろうかと感動していた。国王との結婚が反古《ほご》になるのも辞さずに、馬や剣のことも事前申告していたのだ。

「かっこいいと、淑女たちには人気だそうですわよ」

「まあ。紳士ではなく、淑女に……?」

めまいを抑えるかのように、王太后が手の甲を瞼《まぶた》にあてる。

「お母様しっかり」

おべっか使いの次女、リゼットが大げさに隣の母親を支えるような体勢を取った。

オリアーヌがジェラルドにちらっと視線を送ってくる。

「男嫌いというのは、社交界デビューしたとき紳士たちがこぞってダンスに誘ってきたのに、にこりともしなかったということですわ」

リゼットがそれに付け加える。

「ヴィヴィアンヌ嬢はもともと地顔が不機嫌なのですわ。眉がきゅっと上がって口角がきゅっと下がっているのですもの」

――ほかの男にはそんな不愛想な顔を？

そういえば、親しげに話してくるムーレヴリエ伯爵家嫡男にも鬱陶しそうに対応していた。

つまり、ヴィヴィアンヌがいろんな表情を見せてくれる男は、このジェラルドだけということだ。

――あのとき木が揺れてくれてよかった！

まさか月の精のような乙女と出会えるとは、ジェラルドは思ってもいなかった。

ヴィヴィアンヌは大きな青い瞳を零《こぼ》れ落《お》ちんばかりに見開いて両手を上げていたが、そのわけを尋ねたら、手で作った円の中に満月を入れて、ほほ笑みかけてきた。

そして、長いドレスをものともせず、あっという間に木から消えてしまった。

だからジェラルドは幻覚で月の精を見てしまったのではと思った。念のためヴィヴィアンヌという名の淑女が参加していたかどうかを調べさせると、フォルジュ伯爵家の長女だというではないか。

そこで急遽《きゅうきょ》、ジェラルドは王宮舞踏会を開いて招待状を送ったというのに、肝心のヴィヴィアンヌが来ない。しびれを切らして伯爵家を訪れたら、隅で縮こまっているヴィヴィアンヌがいたというわけだ。

——まさか実在していたとは！

ヴィヴィアンヌは、木登りをとがめられていると勘違いして青ざめたかと思えば、胸が平らなことを告白して顔をまっ赤にしていた。

そして木の上でくちづけしたあと、うっとりと目を細めるヴィヴィアンヌ——。

——ほかの男には見せなかった表情を、私だけに見せたということだ。

ジェラルドは今までにない快感に襲われ、ぶるりと震えた。

「陛下、そんなに怖い顔をなさらないでくださいまし。陛下ご執心の淑女について不機嫌だなんて申して悪うございましたわ」

快感に震えただけで家族に怖がられるジェラルドだ。

「いや、気にしていません。有益な情報が多くありました」

ジェラルドは顔を少し背後に傾ける。

「マチュー」

「陛下、何用でございましょう」

側近のマチューが飛んできて、ジェラルドの前にひざまずいた。伯爵家出身の貴族で文官のような格好をしているが、若くして近衛連隊長にまで上りつめた男だ。

「今日の午後、剣の鍛錬で二時間取ってあったな」

「はい。そのあとはグティエレス王国大使との懇談がございます」

「鍛錬はやめて、伯爵家を訪問する準備をせよ。先触れは不要。突然現れて驚かせるんだ」

驚いたのはマチューだ。毎日体を動かさないと気持ち悪いと、どんなに忙しくてもこの時間だけは確保してきた国王の言《げん》とは思えない。だが、そんな気持ちをおくびにも出さず、マチューはいつも通り、はきはきと答える。

「はい、かしこまりました」

ジェラルドが食卓に視線を戻すと、桃のゼリー寄せを口にしていた母と姉たちが一斉にスプーンを置いた。

皆、唖然としている。

ジェラルドはスプーンを手にした。

「私はまた怖い顔でもしていましたか？」

「いえ、お顔が怖いのはいつものことですが……」

――ヴィヴィアンヌの前でこの顔、どうにかせねばならないな。

王太后がこほんと上品な咳《せき》をした。

「そんなにも気に入ってらっしゃるとは……。今度、王宮にお連れしてご紹介くださいな」

――ここにヴィヴィアンヌがいたら……。

ジェラルドは、この毒々しい食卓に、急に一陣の清涼な風が吹いたような気持ちになった。

「それもそうですね。今日、約束を取りつけてきましょう」

「ええ。お願いしますわ。その調子だと、すごい勢いで結婚の準備をされそうですわね。もしかして半年後にでも結婚なさるおつもりかしら？」

「いやですわ。お母様、いくら陛下でも、そこまで急いだりしませんわよ」

王太后とリゼットが顔を向き合わせてホホホと優雅に笑った。

だが、その笑い声はジェラルドの耳には届かなかった。世界がぐらりと揺らぐような衝撃に襲われていたからだ。明日にでも結婚したいと思っていた彼には受け入れがたい言葉だった。

「春には辺境伯領に赴かないといけないし、寒くなる前、遅くとも十月を考えております」

いつも小声で話す女四人が同時に声を張り上げた。

「来月⁉」

「私があなたのお父様に嫁いだときは一年半の婚約期間があって、私のウエディングドレスは服飾デザイナーに自分の希望を伝えてから、何度も相談して一年がかりでできあがりましたのよ。我が国の威信をかけたドレスにしないと」

ご機嫌取りのリゼットがこれみよがしにうんうんと頷いている。

「お母様のおっしゃる通りですわ。この大国の国王の結婚式で、王妃が一ヵ月で急ぎ仕上げたお仕着せのドレスを着用だなんてありえます？」

「新婦だけではありません。お母様や私たちのドレスだって、一ヵ月では間に合いませんわ」

ファッションにうるさいオリアーヌが信じられないといったふうに頭を左右に振っている。

ジェラルドは引き下がるわけにはいかない。

「〝男勝り〟のヴィヴィアンヌがドレスに興味があるとは思えませんが、我が国が誇るレース産業の職人を総動員して、短期間で素晴らしいドレスを作りあげましょう」

「お妃教育も一ヵ月でなんてありえないでしょう？　私は一年間、様々な分野の先生方にご教授いただいたものですわよ」

「その点はヴィヴィアンヌも心配していましたが、歴史書を愛読しているようですし、お妃業をやりながら実地で学べば問題ありません。母上は早く孫の顔を見たくないのですか」

王太后が急に口を噤む。

──母が陥落すればリゼットも落ちる。敵は半数が脱落。

「外交を重んじる陛下らしくありませんわね。外国の賓客のご招待はどうなさるおつもりです？」

そんなパメラの言葉にまたしてもオリアーヌが突っかかる。

「またそんな心ないことを。外交なんかより花嫁の気持ちを考えたらどうなの？」

──ああ、もううんざりだ！

「全て私がなんとかします」

「なんとかってどうやってですの」といった類の言葉を畳みかけられる中、ジェラルドは心の声を口に出さぬよう、唇を引き結んだ。

——だから女は苦手だ。……ただしヴィヴィアンヌ以外。

毎日、姉同士がお互いをやり込めようと舌戦《ぜっせん》を繰り広げる中で育ち、社交界に出たら出たで、あの手この手でジェラルドの気を引こうとする淑女たちが待ち構えていた。

社交界の噂や醜聞が出るたびに、姉たちが食卓で、その裏事情に詳しいことを誇示し合ってくれたおかげで、ジェラルドはいつしか淑女の思惑の裏の裏まで読めるようになっていた。

そんなジェラルドには、舞踏会は地獄絵図にしか見えない。

考える時間を割《さ》くのは無駄なので、国王とのダンス希望者の順番をマチューに事前に決めさせ、順ぐりにダンスをこなしていった。

一回の舞踏会で五人が限界というジェラルドの言葉に、マチューは毎回きっかり五人をあてがってきた。

踊っている間がチャンスとばかりに、淑女たちはどれだけ自分が女らしいか、紳士たちから人気があるかをアピールしてくる。

——こざかしい！

黙り込んでいた王太后が顔を上げた。

「最初は相談もなく……と、不満に思っていたのですが、よくよく考えたら、男系一族なら、早くて来年の夏には王太子が生まれるということですわよね。私、男児が生まれるまで四人空振りし……いいえ、なんでもありませんわ」

三人の姉がこぞって不愉快そうに双眸を細めた。

ジェラルドはヴィヴィアンヌをこんな家族の中に引き入れるのは詐欺のようなものだと思うが、どうしても彼女を手に入れたかった。二十四年間生きてきて初めて愛《いと》しいと思える女と出会えたのだ。

――何がなんでも娶ってみせる！


午後になり、ヴィヴィアンヌのもとに、ヴィヴィ様会の淑女たちが集まってきていた。前日の舞踏会の場で急遽、集会が決まったのだ。

中庭のテーブルには、今朝届いたばかりのブルーサルビアとツイーディア、リンドウなど青い花が山盛りになっていた。

テーブルに着くやいなや、ヴィヴィアンヌは淑女たちからの質問責めに遭う。

「もう～！　いつから国王様と婚約する仲におなりなんですの？　水臭いですわ」

「王宮で踊ったところを見た記憶がないのですが、おふたりは仲を隠して愛を育《はぐく》んでいらしたんですの？」

といった具合だ。

そんなことを問われても、ヴィヴィアンヌが一番わからない。力なくこう答えた。

「いえ、昨日初めて踊ったのに、どうしてこうなったのか自分でも理解できなくて……」

──木登りしているところを見て惚《ほ》れるものだろうか？

「昨日踊っただけで求婚されましたの？　国王様が電光石火なのはお仕事だけではございませんのね！」

驚嘆の声に、ヴィヴィアンヌのほうが驚く。

「仕事の速い国王様なんですのね」

「もう！　国王様に興味がない淑女はヴィヴィ様ぐらいですわよ」

「だって、私、できれば独身のままで、こうやって皆様とのお茶会を楽しんで生きていければそれでいいって思っていたのですもの……」

ヴィヴィアンヌの青い瞳に憂いが浮かび、耽《たん》美《び》的《てき》な雰囲気を漂わせる。淑女たちはごくりと唾を飲み込んだ。

「ま、まあ。国王様なら、私たちのヴィヴィ様を譲って差し上げてもいいですわよね」

淑女たちがお互い目を合わせて、うんうんと頷いている。

自分の幸せを思ってくれる友がこんなにいるのかと思うと、ヴィヴィアンヌは涙が出そうになった。

──この女神たちと離れないといけないなんて……！

ヴィヴィアンヌの悲しげな表情を見て、二歳下の淑女が身を乗り出す。

「私、一度、国王様に踊っていただいたことがあるのですが、表情ひとつ変えず……怖かったですわ。でも、私たちのヴィヴィ様を選ばれたと聞いて、見る目がおありだと感心しました」

「でも、私の前でも表情をあまり変えませんでしたわ」

――今まで出会った淑女たちの中で一番男っぽいから妥協したのよね、きっと。

そのとき、ヴィヴィアンヌは今までにない感傷に襲われた。心の中に穴が空いたような、満ち足りていたはずの自分から、何かが零《こぼ》れていくような、そんな感情だった。

――どうして急にこんな気持ちに？

「え、嘘でしょう？」

「キャー！」

にわかに皆が騒がしくなったので、ヴィヴィアンヌは現実に引き戻された。

振り向くと、ガッガッと、ジェラルドが一直線にこちらに向かってきている。今日は軍服に肩帯《サッシュ》ではなく、丈長の上衣を羽織る文官のようないでたちだ。

「やあ、ヴィヴィアンヌ、楽しそうだな」

片手で右上から左下へと弧を描き、優雅に挨拶をしてきた。こういう所作はさすが国王、品位がある。

が、紳士は普通、突然淑女の前に現れたりせず、訪ねる前に約束を取りつけるものだ。

「え？　どうして？　お約束しましたっけ？」

「急にいろいろと聞きたいことができたのだ」

侍従が慌てて椅子を持ってきたのに、ジェラルドは手のひらを彼に向けて制止した。

――え？　立ったままがいいの？

意外に思っていると、ヴィヴィアンヌは急に宙に浮いた。ジェラルドに抱き上げられたのだ。

「キャー！」

再び淑女たちの歓声が上がる中、ヴィヴィアンヌは心の中で叫んでいた。

――ギャー！

ジェラルドは相変わらず、きりっとした双眸を崩すことなく、ヴィヴィアンヌの椅子に座り、彼女を自身の膝に落とす。

ヴィヴィアンヌは国王を尻に敷いた状態で固まっていた。

「君たちは、ヴィヴィアンヌの友だちなのか？」

自分の頭上で国王の声がするというのも変な感じだ。

「え、ええ……友人というか、ヴィヴィ様に憧れていて、ヴィヴィ様を囲む会を時々開催させていただいているのですわ」

「そうか……人気者なのだな。普段のヴィヴィアンヌについて聞かせてほしい」

――抜き打ちで私の身元調査に来たのね……。

いっそ普段の行状をばらして、この国王の熱を冷ましてもらいたいぐらいだ。

「陛下、ヴィヴィ様はいつもこのような楽しい会を開いてくださるのです。私、この会のおかげで同年代のお友だちができましたの」

「それは何より」

ジェラルドはその淑女に手を向けた。

「ところで、ヴィヴィ様という呼び名だが、私の婚約者だから皆、様を付けているのか」

「あ、いえ、憧れを込めて『様』、親しみを込めて『ヴィヴィ』で、『ヴィヴィ様』があだ名なんです」

「なるほど。人望があるのだな」

——ちょっとちょっと、この方向、まずいわ。

王妃にふさわしくないエピソードを出してもらわないと困る。

「いえ、そんなことありませんわよね？　私、殿方に人気がなくて、舞踏会は皆様としゃべるために行っているようなものですもの、ねぇ!?」

カッと目を見開いて同意を促す。

「ええ。ヴィヴィ様とお話しするのは、とても楽しゅうございますわ」

「ダンスに誘われないのは、ヴィヴィ様が紳士につれない態度を取られるからでしょう？」

「え、ええ？」

——そんな擁護、求めてないんだけど！

「そうか、よかった。おかげで今まで独身でいてくれて」

ジェラルドが熱い視線を送ってくる。

——なんなの、この前向きさ……。

「あら、でも、諦めきれない紳士たちも数人いらっしゃいますわよ？」

「それは誰だ？」

「陛下、私、何度か陛下と踊らせていただいたルジャンドル侯爵家のロゼールと申します。ヴィヴィ様とはいつも仲良くさせていただいておりますわ。ヴィヴィ様のことを好いてらっしゃるのは、ドナシアン子爵家嫡男と、ウジェーヌ侯爵家次男、そしてなんといってもムーレヴリエ伯爵家嫡男でいらっしゃるテオフィル様ですわ」

「いやですわ。テオフィルは幼馴染なだけですし、あとのふたりもたまにダンスに誘ってくださるぐらいですわ」

——ほらほら、男性に人気がないのよ、私！

「ひゃ」

彼の指がうなじに触れた。

「男どもがヴィヴィアンヌに執心なのもわかる。私も、この月の乙女に夢中だ」

——つ、つきのおとめ～⁉

淑女たちが一斉に上唇で下唇を噛《か》んだ。

——絶対に笑いをこらえているわ。

と、そのとき、彼が指先でおくれ毛をいじり始め、ヴィヴィアンヌは身をすくめる。

皆が今まで見たことがないくらいに目をまん丸とさせ、国王の指先を注視していた。

「せっかくご友人たちがヴィヴィアンヌを愛《め》でているところにすまないが、ふたりで話していいかな」

淑女たちが一斉に立ち上がった。

「気が利かず申し訳ございません！」

「私たち、お邪魔ですわよね」

「いや、いい。皆そこにいてくれ。私は次の予定が入っているので、すぐに帰るから」

「そ、そ、そうよ。皆様、どうか何卒なんとかしてここにいてくださいませんこと？」

ヴィヴィアンヌの鬼気迫る眼差しに、皆、再び椅子に腰を下ろした。

その間《かん》もずっと、ジェラルドはヴィヴィアンヌのおくれ毛をくるくるといじっている。

——くすぐったい……。

「まず、結婚は来月だ。いいな？」

「ら、らいげつぅ〜？」

声が裏返ってしまう。

「何か問題が？　来月結婚でも、ここにいるご友人たちは式に参加してくれるよな？」

　こくこくこくと皆が皆、全力で頷く。

　――裏切り者～！

「というわけで、一ヵ月の間に素晴らしいウエディングドレスを作らないといけない。幸い、我が国のレースは繊細で美しく、近隣諸国にも大人気で輸出産業の一翼を担っているほどだ。ヴィヴィアンヌ、レースをふんだんに使ったドレスはどうかな？」

「す、す、素敵です。レー素《ス》、レース、そうですわよね。我が国はレースの国。芸術的なレースを生み出す国に生まれてよかったですわぁ」

「よし、では、我が国トップクラスのレース職人を早速集めよう。どんな柄が好きなんだ？」

「え、ええっと……葉や樹木でもよろしいでしょうか？」

「君らしい。それはそうと明日、王宮に来てくれるな？　家族を紹介しよう」

「か、か、かぞくぅ？」

　さっきよりもさらに声が裏返った。家族といってもただの家族ではない。王族だ。

「幸い、昨日、ヴィヴィアンヌの家族には挨拶ができた。明日は私の母と姉たちを紹介する番だ」

「あ、明日、明日でございますか？」

「どうした？　さっきからオウム返しばかりだな」

「すごい勢いで進んでいくものですから……付いていくので精一杯です」

「それはそうさ。一ヵ月しかないんだから」

――そこ、決定事項なわけ？

なぜこんなに急ぐ必要があるのか、ヴィヴィアンヌが不審に思ったところで、マチューがジェラルドの背後にやって来て「そろそろお時間です」と、小声で告げてきた。

再びヴィヴィアンヌは宙に浮いたが、今度は下ろすことなく、抱き上げたまま顔を向かい合わせてくる。

「私に剣の鍛錬をさぼらせることができるのは君ぐらいなものだ。今後の段取りを相談するためにマチューを置いていく」

「ヴィヴィアンヌ様、このマチュー・オザンファンになんでもお申しつけください」

マチューが胸に拳を当てた。文官のような格好をしているが軍人の挨拶だ。

――国王様は軍のトップでもあるんだわ。

「は、はい。よろしくお願いいたします」

ジェラルドはヴィヴィアンヌを抱き上げたまま、淑女たちのほうに視線を戻した。

「これから予定があるので、ここで失礼する。マチューのことは気にせず、皆はいつも通り楽しんでから帰ってくれ」

「は、はい！」

淑女たちは一斉にそう答えたが、彼女たちの視線は、ジェラルドと、抱き上げられたヴィヴィアンヌの間で行ったり来たりしていた。

ジェラルドが去ると、淑女たちはほうっと羨望の吐息を漏らす。

「ヴィヴィ様、愛されていますわね」

マチューが少し離れたところで直立不動の体勢になっているのを一瞥してから、ヴィヴィアンヌはテーブルに身を乗り出した。念のため小声で話す。

「でも、にこりともしないでしょう？」

「あら、国王様は私と踊られたときも無表情でしたわ」

「まあ、ロゼールでさえも？」

――こんな美女にも冷たいだなんて、やっぱり男色家の線が濃厚ね。

「帝王学では、国王は表情をあまり出さないことが美徳とされるそうですわよ」

「あら、そうですの？　それであんなお顔を？」

「顔に出ないだけで、国王様は『月の乙女』に夢中とお見受けしましたわ」

唯一の既婚者である、一歳年下のディアヌが含み笑いをしている。とたん、皆が皆、笑いをこらえきれなくなり扇を広げてクスクスと笑い始めた。

「ヴィヴィ様会改め、月の乙女会にしましょうよ！」などと、冗談半分で言い出す淑女も出るほどだ。

ヴィヴィアンヌだけは笑えなかった。頭にどんどん疑問が浮かび上がってくる。

「でも、おかしいと思いません？　昨日求婚、明日ご家族に紹介、来月、結婚ですわよ？　なぜそんなに急ぐ必要がおありなんでしょう？」

「さっきの様子だとヴィヴィ様を早くお近くに……」

ある淑女が話の途中だというのにロゼールが遮った。

「それはそうよ。国王様は二十四歳なのに王妃様がご不在ですのよ。王太子不在がこれ以上続くのはよろしくありませんわ」

ヴィヴィアンヌはやっと事態が呑み込めた。女嫌いの彼は男らしい女を見つけ、早急に跡継ぎを産ませようとしているのだ。

——あれ、また？

昨日感じた原因不明のもやもやがヴィヴィアンヌを不安にさせた。

「結婚を急《せ》かされるのは何も女性だけではないのですね……」

「いえいえ、王太子様でいらしたときからずっと結婚の圧力を受けながら、それをものともしなかった国王様ですもの！　それが運命的に月の乙女と巡り合って一刻も早くご結婚なさりたくなったのですわ」

ディアヌの言葉に、皆がうっとりと目を細めた。

「その月の乙女というの、やめてくださいませ～」

新たな呼称が自分にそぐわなさすぎて、ヴィヴィアンヌは恥ずかしくて仕方ない。

このとき、ヴィヴィアンヌは知る由もなかった。ジェラルドがマチューをそばに置いているのは、彼が王国軍で『地獄耳のマチュー』と異名をとる男だからだということを。彼の耳は遠くの音を拾うことができ、そして、聴いたことを全て記憶する能力があった。


王宮の執務室で、ジェラルドは頬杖《ほおづえ》を突いて、マチューの報告を聞いていた。一通り終わると、ジェラルドは顔を上げる。

「問題点は三つあるな。性急すぎて警戒されていること。私が無表情なために信じられないこと。そして、白い羊の群れに一匹黒いのが交じっていること」

「さすが陛下です。どのように対処したらよろしいでしょうか」

マチューは執務机を挟んで直立していた。

「ふたつは私の問題だ。残りのひとつ……ルジャンドル侯爵家の娘には見張りを付けよ」

「はっ」

マチューが胸に拳を当てる。

「で、明日の家族紹介の段取りはどうなっている?」

「はい。ヴィヴィアンヌ様が明日の午後をご希望なさったので、早速王太后様、王姉様方にお伝えしたところ、伯爵夫妻は抜きでヴィヴィアンヌ様おひとりとじっくりお話ししたいとのことでした。よろしいでしょうか」

「伯爵家がそれでいいならいいが……」

「今からご要望を聞いてまいります。王太后様、王姉様方ともに楽しみにしていらっしゃるご様子でした」

「楽しみに……？」

いやな予感しかしない。

その夜、ジェラルドは自身の居室で鏡を覗き込んだ。

笑うのをやめようと思ったのはいつの日のことか――。

『殿下は笑うと何かを企《たくら》んでいるように見えるから、笑わないほうがいいですわよ』

幼少期、姉たちにそういってよくからかわれたものだ。

ジェラルドは口の端を上げてみた。

鏡の中に、これから人類でも破滅させてやろうかぐらいな恐ろしいことを企んでいる男が現れた。

――やはり、笑わないほうがいい。

本音を言ってくれる家族の存在は貴重なときもある。

フォルジュ伯爵家では、ヴィヴィアンヌが着せ替え人形になっていた。

着せ替えるのは侍女だが、それを指示するのは彼女の母、コランティーヌだ。

「いいわ。完璧よ。ヴィヴィの青い瞳に合った、サファイアの髪飾りと首飾り、そこに清廉な白のドレス、胸もとと袖には小花柄のレース……胸の中にはいつもより大きめの綿袋！　あとは……」

鏡台の前で無気力に突っ立つヴィヴィアンヌをコランティーヌがまじまじと見つめてきたかと思うと、おもむろに指でヴィヴィアンヌの口角を上げた。

「な、なぬを？」

「あとは口角が上がれば完璧なのよ」

コランティーヌの手を払おうと、ヴィヴィアンヌは顔を背けた。

「面白いことでもないと上がりませんわ」

自分で放ったその言葉に、ヴィヴィアンヌはなぜか傷ついた。ジェラルドの口角はヴィヴィアンヌを前にしても上がっていないことを思い出したのだ。

――ジェラルドは私といっしょにいても楽しくないいんじゃないかしら？

「じゃあ、思い出し笑いしなさい」

ヴィヴィアンヌは憮然《ぶぜん》として、ますます口の端が下がっていく。

「ああ、もういいわ。口はそのままでいいから、これを広げて優雅に隠すのよ」

コランティーヌに大きめの扇を差し出される。この扇も瞳の色に合わせたのか、サファイア色をしたコーンフラワーが描かれている。

母親の着せ替えと指導から解放されたときには、もう深夜だった。

ヴィヴィアンヌはへとへとでずっとベッドに入りたいと思っていたのに、実際にベッドに入ってみると眠れない。それもそのはず、親同伴ではなくヴィヴィアンヌひとりで明日、王宮を訪ねるように言われているのだ。

――怖い。

ヴィヴィアンヌは王太后とは会話を交わしたことがあった。彼女が十六歳のときは、まだ前国王が存命で、社交界デビューをする許可をもらう謁見で挨拶をしたのだ。

――まさか、王太后様が義母になるなんて！

国王夫妻は威厳があり、緊張のあまり何を話したのかさえ覚えていない。

しかも、今の国王はジェラルドだ。彼と結婚するということはあの偉そうな椅子に自分が座るということだ。

――嘘でしょう！

そんなことを考えていると止まらなくなり、ヴィヴィアンヌは生まれて初めてまんじりともせずに一夜を明かすことになった。

ヴィヴィアンヌは眠い目をこじ開け、午後、ジェラルドに案内されて王宮の談話室に入る。舞踏広間と同じく黄金がふんだんに使われた豪華な広間だが、ヴィヴィアンヌは緊張のあまり見物する余裕がなかった。

長椅子に腰かけていた王太后や王姉たちが一斉に立ち上がった。

――すごい、華やかだわ。

男だらけの自邸とは対照的だ。

「母上、姉上、こちらが来月、私の妻となる、フォルジュ伯爵家のヴィヴィアンヌです」

ジェラルドは〝来月〟を強調するのを忘れなかった。

ヴィヴィアンヌは一旦、扇を閉じてスカートの裾をつまんで腰を落とす挨拶をした。母親の指導で、いつもより深く腰を落とした。

「私がフォルジュ伯爵家のヴィヴィアンヌでございます。王太后陛下とは社交界デビューの謁見でお話ししていただいたとき以来で大変緊張しております。これから、どうかよろしくお願い申し上げます」

王太后が相好を崩して優雅に近寄ってきた。

「まあ、なんておかわいらしい。ジェラルドが一目惚れしたのも納得ね」

「い、いえそんな……恐れ多いですわ」

ヴィヴィアンヌは扇を広げて口元を隠した。

王太后の後ろに王姉三人が並んでいる。色とりどりの鳥のようだ。実際、三人とも、異なる色だがお揃《そろ》いの長さの羽根を頭に付けている。

「ヴィヴィアンヌ、私は次女のリゼットよ。こんなにかわいらしい義妹《いもうと》ができるなんて、とてもうれしいわ」

「ありがとうございます。大変心強うございます」

王太后同様、優しげでおっとりした顔立ちである。

「ようこそ王宮へ。舞踏会でお見掛けしたことがあるわ。私は三女のオリアーヌよ」

着こなすのが難しそうな紫のドレスを身にまとっている。舞踏会でもオリアーヌの洗練されたドレスは注目の的だ。

「私は四女のパメラです。ご存知の通り、長女はレナリス王国に嫁いだから、ここに残されたのはこの三姉妹になります。ヴィヴィアンヌ、急なことで戸惑っているのではありませんか？　陛下は物事を進めるのが速くていらっしゃるけれど、結婚は感情が伴うものですからね」

パメラは家庭教師のような地味ないでたちだ。理知的な緑の瞳がジェラルドに似ている。

「ご心配くださりありがとうございます。そのお気持ち、大変うれしゅうございますわ」

「さあ、立ち話もなんですから、お座りになって」

王太后にそう促され、ヴィヴィアンヌは王太后の隣にある長椅子に、ジェラルドとふたりで座った。

――三回しか会ったことのない男性とここまで来てしまった……。

だが、世の中、会ったこともない相手と結婚を決められることだってままあるのだから、まだいいほうだ。ヴィヴィアンヌは自分にそう言い聞かせた。

ジェラルドがまた『月の乙女』と言い出したり、膝に自分を乗せたりしないかと最初は必要以上に警戒していたヴィヴィアンヌだが、彼は押し黙って置物のようになっていた。

――どこでもいちゃつくわけじゃないのね。

おかげで王太后と三人の王姉との歓談は和やかに進んだのだった。

やがてジェラルドは「剣の練習時間が終わった。これから公務だ」と、去っていってしまった。

ヴィヴィアンヌを王宮まで呼び出しておいてそっけないものだ。

「ごめんなさいね。あの子は仕事人間だから」

「いえいえ。立派な国王様で我が国も安泰ですわ」

模範解答ともいえるヴィヴィアンヌの言葉に、王太后が満足げにほほ笑んだ。

「安泰といえば、我が王家のほうだわ。ヴィヴィアンヌのおかげよ」

「そ、そんな……もったいないお言葉、感謝申し上げますわ」

――私のこと、気に入ってくれたみたい……。

結婚に乗り気でないとはいえ、雲の上の存在だった王太后に認めてもらえるというのはうれしいものだ。

「あなたのような淑女を待っていたの。今まで息子が結婚しなくてよかったと思うくらいだわ」

「ま、まぁ」

ヴィヴィアンヌは身に余る言葉に頬《ほお》を赤らめる。

「だって、フォルジュ伯爵家は男系で多産だそうじゃないの」

――多産！

彼女は急に冷や水を浴びせられたような気分になったが、一方で、今までもやもやとしていたものの正体がやっと突き止められた。

なぜ、王妃にふさわしくないお転婆《てんば》娘がこんなに国王に乞われているのか。王太子不在を解消できる女性としてヴィヴィアンヌに大きな期待が掛かっているのだ。

「確かに……うちは親戚中、男の子ばかりですわ……」

だからといって妊娠できるという確証はない。

次女のリゼットが王太后に相槌《あいづち》を打った。

「にぎやかになりそうですわね」

優雅に笑う女四人の中で、ヴィヴィアンヌは口角がさらに下がりそうになって、慌てて扇で隠した。

翌日には早速、お針子を引き連れた仕立て屋の女性がやって来て、ヴィヴィアンヌの体のサイズを綿密に測っていった。

恐ろしいほどの勢いで結婚準備が進んでいる。

そんなある日、ヴィヴィアンヌは既婚の友人であるディアヌ主催の舞踏会に訪れた。ディアヌは元は子爵令嬢だが、大名門であるマレシャル侯爵家嫡男に見初められて、今や次代の侯爵夫人である。

名門は名門ならではの大変さがあると聞いていたので、ヴィヴィアンヌはディアヌにいろいろ取材して参考にしたかった。とはいえ女性がひとりで舞踏会に参加することはできないので、エスコート役として、弟のクロードを連れて行く。

エントランスでは、ディアヌと彼女の夫がヴィヴィアンヌを迎えてくれた。いつもならディアヌの義両親である侯爵夫妻もここにいるが、今宵ばかりは不在だ。

ヴィヴィアンヌは、社交界デビューしたばかりの弟を紹介する。

ディアヌの夫が、クロードだけでなく、婚約が決まったヴィヴィアンヌにもお祝いの言葉をかけてくれたので、ヴィヴィアンヌは礼を述べて返した。

一連の挨拶が終わると、ディアヌがヴィヴィアンヌに顔を寄せ、「今、侯爵夫妻は……」と、義両親についてヴィヴィアンヌに何か伝えようとしてきた。

が、それは途中でおしまいとなる。

「これはこれは、ヴィヴィアンヌ様！　おめでとうございます」

「突然のご婚約で驚きましたが、ヴィヴィアンヌ様は只者《ただもの》ではないと思っておりました」

国王との婚約が決まったことを口々に祝う貴族たちに取り囲まれたのだ。

普段は自分に見向きもしなかった高位の貴族もいた。

彼らの瞳はヴィヴィアンヌを見ていない。彼女の後ろ盾となる国王、そして彼女が産むかもしれない王太子へと向けられている。

――なんだかむなしいわ……。

歯の浮くような台詞を並べ立てる見慣れぬ貴族たちの顔の間に、ロゼールの顔が現れた。

「ロゼール！」

「ヴィヴィ様」

ロゼールがなぜか眉を下げ、悲痛な眼差しを向けてきた。青い瞳が少し潤んでいる。だが、こんなときも彼女は美しかった。

「何かありましたの？」

「それが……」

ロゼールが言いにくそうにしているので、ヴィヴィアンヌは周りの貴族たちに顔を向けた。

「皆様、申し訳ございません。私、所用ができましたの」

ヴィヴィアンヌはロゼールの手を引き、中庭に出る。ロゼールが心配そうに顔を向けてくる。

「舞踏広間に行かなくて大丈夫なんですの？」

「弟のダンスの相手探しに付き合ってあげるほど優しくありませんの」

ヴィヴィアンヌはロゼールを安心させようといたずらっぽい笑みを浮かべた。ヴィヴィアンヌが淑女たちに人気がある所以《ゆえん》である。

「そ、そんな……国王様の婚約者に皆様、ご挨拶したいでしょうに」

「私はしたくありませんわ」

「さすが、ヴィヴィ様」

褒めるのは言葉だけで、ロゼールの顔が暗く歪《ゆが》む。ヴィヴィアンヌはそんなことに気づくこともなく、ベンチのほうにロゼールを連れて行った。

「さあ、ここまで来たら、誰にも邪魔されずに話せるわ」

ヴィヴィアンヌは黄金の装飾が付いた白木のベンチに腰を下ろした。ロゼールも横に座る。ディアヌ主催でヴィヴィ様会がここで開かれたことが何度かあり、勝手知ったる中庭だ。

「ロゼール、何かショックなことがあったんでしょう？」

ヴィヴィアンヌがロゼールの肩に手を置くと、ロゼールの伏せられた長い睫毛がふわりと上がり、見つめられた。

「実は……テオフィル様に付き合ってほしいと言われてキスまでしたのに、結婚はできないって言われてしまいましたの」

「テオフィルが⁉」

――あいつ～！

テオフィルは最近、急に色気づいて気持ち悪いが、もとはヴィヴィアンヌの舎弟である。悪い人間ではないと思っていた。だが、どうやら女をとっかえひっかえしているようだ。

「で、でもロゼールみたいな美人がなんであんなやつを……」

「そんなことありませんわ。テオフィル様はとても素敵な方で憧れる淑女も多くいらっしゃいますのよ」

「ま、まあ、一応、いずれ伯爵になるから……でも、ロゼールだったら、もっと素敵な男性にめちゃくちゃに愛されるべきですわ！」

「めちゃくちゃ？」

「あ、ものすごくっていう意味ですわ」

――いけない。これって恋愛小説特有の表現だったみたい……。

ヴィヴィアンヌはすっくと立ち上がった。

「舎弟の過《あやま》ちは私の過ちです」

「え？　ヴィヴィ様、どちらに？」

「ロゼールは気になさらないで。テオフィルを糺《ただ》します。ひとつだけ確認させていただきますけど、ロゼールはテオフィルと結婚したいんですの？」

ロゼールはその小顔をゆっくりと横に振った。

「彼の本性がわかった今、それはありません。ただ、結婚前の淑女が男性とキスしたとなると大ごとです。これだけは絶対に秘密にしてくださいね」

「ええ、もちろんです」

舞踏広間に向かおうと階段を上っていると、ヴィヴィアンヌは踊り場で、下りてくるテオフィルと鉢合わせした。

――ここで会ったが百年目！

「テオフィル、話したいことがあるから顔を貸しなさいよ」

そう言って、ヴィヴィアンヌは身を翻し、上っていた階段を下り始めた。すると、テオフィルが横に付いてきて含み笑いを向けてくる。

「そういえば、前の舞踏会のときも意味深なことを……。さては国王様に求婚されたものの、私のことが忘れられないんだな？」

ヴィヴィアンヌは、くるっと顔を向けた。

「ぎゃ！」

男のテオフィルが一瞬小さく叫んでしまうほど、怖い顔だった。

「おまえという男は、誰にも彼にも、そうやって秋波を送って……」

「は、はあ？　俺はヴィヴィにしか……」と言いかけて、テオフィルは慌てて口を噤んだ。

ヴィヴィアンヌがテオフィルを連れてベンチに戻ると、ロゼールはいなくなっていた。ヴィヴィアンヌは仁王立ちでテオフィルと相対する。

「今後、ロゼールに近づかないで」

「は？　なんでロゼールが出てくるわけ？」

「結婚する気もないのに、気のあるそぶりをしたからよ！」

「私が結婚したいのはヴィ……ロゼールが勝手に勘違いしただけだろう！」

——キスしたくせに！

その言葉が喉まで出かかったが、ロゼールが嫁に行けなくなるので、ぐっとこらえる。

「うちのかわいいロゼールをこれ以上侮辱するのはやめていただきたいわ」

「ってなんだよ、それ。女が好きなのかよ、ヴィヴィの婚約者と同じだな」

ヴィヴィアンヌはカチンときたが、いら立ちを抑えて冷静に問うた。

「どういう意味？」

「国王様は男が好きって噂だぜ。そんなところに嫁に行く気か？」

「だったらなんだっていうのよ！」

「男好きの国王様が、女好きのヴィヴィにはお似合いってことさ」

そのとき、ヴィヴィアンヌの頭に真っ先に浮かんだのは、ジェラルドのこんな台詞だった。

『私と結婚すればもう怒られない、よかったな』

『男どもがヴィヴィアンヌに執心なのもわかる。私も、この月の乙女に夢中だ』

ジェラルドの優しい言葉がテオフィルに踏みにじられ、ヴィヴィアンヌはようやく気づく。

――ジェラルドの言動はいつも愛情にあふれていた！

ここにきて突然、ヴィヴィアンヌは怒り心頭に発した。

「根性を叩《たた》き直《なお》してあげるわ！」

ヴィヴィアンヌは木の根元に落ちていた枝を拾い、剣に見立てて構える。その切っ先はテオフィルの鼻先にあった。

「ちょっと、なんで決闘みたいなことになってるわけ？」

戸惑いながらも、テオフィルは近くの枝を折った。

「謝るのよ！」

ヴィヴィアンヌはテオフィルの喉を狙って、大きく一歩前に出た。

「うわっ？　誰に？　本気かよ⁉」

テオフィルは慌てて横に避《よ》けた。

「こざかしいわね！」

「なんで、こんなに怒ってるんだ⁉　たとえもしロゼールと私が色恋で揉《も》めたとしても、ヴィヴィにはもう関係ないだろうが！」

テオフィルが反撃に出て木の枝を振りかぶったが、ヴィヴィアンヌはそれを枝で払いのける。

「でも、ジェラルドのことは別よ」

「ジェラル……国王様？　……え？　ヴィヴィ、まさか惚れて……？」

「うるさいわね！」

ヴィヴィアンヌはテオフィルとの間合いを詰めた。

「わっ」

テオフィルは退《ひ》こうとして、花壇の囲いの装飾につまずいて尻を突く。

ヴィヴィアンヌは枝先をテオフィルの首元に当てた。

「それまでよ。深く反省すればいいわ」

――よくもジェラルドを侮辱したわね！

テオフィルが急に目を丸くした。その視線はヴィヴィアンヌの背後に向けられている。

「……それまでなのは、私だけではなさそうだよ？」

「どういうこと？」

「ヴィヴィアンヌ様、木の枝をお預かりいたします」

枝を掴まれて、ヴィヴィアンヌが振り向くと、そこには、黒革製ヘルメットをかぶった兵がいた。ヘルメットに黄金の鷲の紋章が付いている。近衛兵だ。

——貴族の庭園になぜ近衛兵が?

「ヴィヴィアンヌ様はご無事でございます」

近衛兵がそう告げた方向を見やると、数名の近衛兵の間から、クリーム色のドレスに身を包んだ王太后が現れた。眉根を寄せ、軽蔑したような視線を投げかけられる。王宮で会話したときとは打って変わって冷たい目をしていた。

「まあ、まあ、なんということかしら」

——なぜ、ここに?

王太后が来ているなら、ディアヌが教えてくれそうなものだ。

そういえば、エントランスで『今、侯爵夫妻は——』と、ディアヌがヴィヴィアンヌに何か話そうとしたところで遮られたままだった。

——王太后様は侯爵夫人のご実家の公爵家出身だったわ!

きっと舞踏会を前に別室で王太后を接待していて、侯爵夫妻はエントランスに不在だったのだ——。

ヴィヴィアンヌは何事もなかったような顔をして、できるだけ優雅に腰を落とした。

「王太后陛下、お騒がせして申し訳ございません。こちらは幼馴染のムーレヴリエ伯爵家のテオフィルでございます。つい昔、騎士ごっこをしたことを懐かしく思い出したものですから」

テオフィルも横で、片手を広げる挨拶をした。

「王太后陛下がいらっしゃるこのめでたき日に、お騒がせして申し訳ございませんでした」

「舞踏会はダンスや会話を楽しむものでしょう？」

王太后の声は地獄の底から響くような低い声だった。公衆の面前だから怒りを抑えているのだろう。

「は、はい。おっしゃる通りでございます」

王太后がゆっくりと近づいてきて、耳打ちされた。

「よくもこの私に恥をかかせましたね、ヴィヴィアンヌ。明日また同じ時間に王宮にいらっしゃい」

ヴィヴィアンヌの全身から血の気が引いていく。

その後、舞踏広間に戻ると、ディアヌに謝られた。

「王太后様が急にいらっしゃったものだから、事前に伝えられなくて……ごめんなさい。でも、大丈夫ですわよね？」

同じ広間にいるというのに、王太后には完全に無視されているので、到底大丈夫とは思えなかった。だがディアヌに心配をかけたくないので、こう答えるしかない。

「こちらこそお騒がせして申し訳ありませんでした。きっとなんとかなりますわ」

「そうそう、大丈夫、大丈夫。いざとなったら私が嫁にもらってやるから」

横からぬっとテオフィルが現れる。いつもなら、『おまえが言うな！』とげんこつのひとつでもお見舞いするところだが、今や、そんなテオフィルの存在さえありがたく感じられる。

さっきまで、ヴィヴィアンヌにおべっかを使っていた貴族たちは王太后の顔色を窺《うかが》って、誰もヴィヴィアンヌに近づかなくなっていた。

「姉上、普段だってあんな大立ち回りをしたりしないのに、よりによってなぜ今日なんです？」

クロードがあからさまに落胆している。

つまり、誰もがこの婚約は破棄されるものだと思っているのだ。ヴィヴィアンヌはそのくらい常識外れなことをした。ヴィヴィアンヌが王妃にふさわしくないと、ここにいる誰もが思ったことだろう。

そのとき、ヴィヴィアンヌは急に胸が苦しくなった。

——おかしいわ、私。

王妃にふさわしくないと一番わかっていたのはヴィヴィアンヌだ。だから辞退したかった。

それなのに、ジェラルドは『気に入った』と言ってくれた。しかも『全てだ』と——。

今日、ヴィヴィアンヌが取った行動は、そんな彼の好意を踏みにじるような行為だ。

——表情が顔に出ない国王様も、さすがに怒りの感情を露わにするのかしら。

怒ったジェラルドの顔を想像すると、ヴィヴィアンヌは怖さよりも、切なさや申し訳なさが先に立った。彼の愛情と期待を裏切ったのはヴィヴィアンヌのほうなのだ。

ヴィヴィアンヌは早々に自邸に戻る。クロードからいきさつを聞いた父母に激怒された。

「国王様と婚約しているしていない以前の問題だ！　そんな下品なことをなぜ侯爵邸でやったのか。ムーレヴリエ伯爵家にも顔向けできない」

「国王様の婚約者という自覚がないと思われても仕方がないわ」

本当になんであんなに頭に血が上ったのか、ヴィヴィアンヌにもわからなかった。

明日の王太后との面会は父母も付いてくるという。ふたりとも悲愴な顔をしていた。ヴィヴィアンヌが両親の説教からやっと解放されたときには夜更けだった。侍女にネグリジェに着替えさせてもらい、ひと息つく。

——明日が怖い……。

ヴィヴィアンヌはふらふらと窓辺へと歩いていく。

この窓からはちょうど樹木庭園が見える。その中央にあるひと際大きな樹木。この木で、ヴィヴィアンヌは生まれて初めてキスをした。ついこの間のことなのに、ずいぶん前のように感じられる。

——ああ、幻影まで見えてきたわ……。

まるで目の前にジェラルドがいるようだ。

コンコンと窓を敲《たた》かれて、ヴィヴィアンヌは目を疑った。

——本当にいるわ！

ヴィヴィアンヌは大急ぎで窓を開ける。

「まだ起きていてよかった」

と、ジェラルドが当たり前のように中に入ってきた。

「ど、どうしてこんなところに？」

「国王が他家へ訪問となると大掛かりになってしまうので、こっそり来ることしかできなかったんだ」

ジェラルドが無造作に黒髪をかき上げて、ヴィヴィアンヌに視線を落とした。

――かっこいい……。

思わず、ぼうっと見惚《みと》れてしまう。

「母が王宮に呼びつけたようで、すまない」

ずきんと心が痛んだ。

――やっぱりもう全部知られちゃっているのよね……。

「……私のこと、嫌いになったのでしょう？」

ヴィヴィアンヌがうつむくと、骨ばった大きな手が目の前に現れ、ぐいっと顎を持ち上げられる。

「君はずっと自分が王妃にはふさわしくないと言っていた。それでも、いや、それだからこそ君が欲しいと私は言い続けてきた。何も変わらないだろう？」

「え？　こんな私でもいいんですか？」

「もっと好きになったぐらいだ」

ヴィヴィアンヌは、じとっと湿った視線をジェラルドに向ける。

「……もしかして、暴れん坊がお好きなんですの？」

そのとき、ジェラルドがおかしそうに小さく笑ったように見えた。わずかに口角が上がっただけなのだが、ヴィヴィアンヌにはわかった。

──私、ジェラルドの表情が読めるわ！

「馬鹿だな。君の全てが好きだと言っただろう？」

「ジェラルド……」

国王と結婚するとなると急に媚《こび》を売り始めた貴族たち。家族だってそうだ。

──でも、この人だけは変わらない。多分、一生……！

突然、ヴィヴィアンヌの瞳から涙があふれ出た。

ジェラルドの太い腕が背に回され、たくましい体に覆われる。大きくて温かい。

「母がそんなに怖かったか。私は国王だ。やろうと思えば、母と食卓も別にできる。だから私との結婚がいやにならないでほしい」

「な、ならない……なるわけない……！」

「……よかった」

ジェラルドがヴィヴィアンヌをぎゅっと強く抱きしめ、彼女の頭頂に頬を寄せてきた。女子にしては長身のヴィヴィアンヌも彼の前ではかわいい女の子にでもなったような気になる。大柄なジェラルドにしがみつくかのように彼の背に手を回した。こうしていると涙が収まってくる。

嗚咽《おえつ》がやむと、ジェラルドが体を少し離してじっと見つめてくる。

彼の瞳はいつもと違った。ほかの人はその変化に気づかないだろうが、ヴィヴィアンヌにはわかる。わかるようになった。彼の眼差しは慈愛に満ちている。彼の表情は読みにくいが一旦、読めるようになると、その心根の美しさが伝わってきた。

「ジェラルド、私、あなたと結婚したいです」

「やっと腹を括《くく》ったな」

ジェラルドがニッとほほ笑んだ。これもわずかな動きだったが、ヴィヴィアンヌには読み取れた。彼が背を屈《かが》めて顔を傾ける。ヴィヴィアンヌは彼の首をかき抱く。唇が重なった。ジェラルドが高い鼻を持て余しながら、角度を変えて何度もくちづけてきた。

「……ふ……ぁ」

唇が離れたときには彼の瞳が陶然としていて、ヴィヴィアンヌの胸がきゅんと高鳴る。

「……明日、王宮に馬車が到着したら、迎えに行くから」

だから、不安になるなということか。

「ありがとうございます」

ジェラルドが満足そうに頷いた。

「私もそろそろ帰らないと、不在がばれる」

「本当に内緒でいらっしゃったのですね」

「ああ。もっとヴィヴィの部屋にいたいけど……」

——ヴィヴィって呼んでくれたわ……。

ヴィヴィアンヌは、さらに親密になれたような気がした。

ジェラルドが部屋を見渡す。

「ヴィヴィ、読書家なんだな」

彼が本棚に近づいていくではないか。

「あ、だめ、だめよ。見ないで」

ヴィヴィアンヌは両手で彼の腕を掴んだ。

「なぜ？」

振り向く彼に「その本棚の半分は恋愛小説なんです。全然女らしくないのにおかしいでしょう？」と、ヴィヴィアンヌが答える。

「おかしくないさ。ヴィヴィはロマンチックなんだな？」

「そ、そんなんじゃないです～！」

ヴィヴィアンヌは彼の腕をぶんぶんと振ってしまう。

「見られたくないようだから、さっさと退散するよ」

ジェラルドはヴィヴィアンヌと腕を組んで窓の前まで来ると、ちゅっと軽いキスをした。窓の外枠に足を掛けたかと思ったら、装飾を伝って器用に下りていき、地上に着くと片手を軽く振って去っていった。

恐るべき身体能力である。木登りが得意なヴィヴィアンヌも、この壁を下りるのは無理な気がする。

――かっこよすぎです、国王様！

本の中でしか恋を知らなかったヴィヴィアンヌはここにきて急に現実の恋に落ちたのだった。


「マチュー、無理を押してここに来てよかった。大きな成果があがったぞ」

正門のすぐそばで馬の番をして待っていたマチューに、ジェラルドは声を掛けた。

「それはよろしゅうございました」

「私はマチューという優秀な側近に恵まれ、幸せ者だよ」

「王太后様が本日の件でご結婚に難色を示されているようですが、それはいかがされるおつもりですか」

ジェラルドは鐙《あぶみ》に片足を掛け、普段より質の劣る栗毛《くりげ》の馬に跨った。お忍びなので青鹿毛《あおかげ》の愛馬を使うわけにはいかない。

「母親さえも説得できない者など国王失格だろう?」

マチューも馬に跨った。

「近親のほうが情がからんで説得が難しいこともあります」

「わかっている。母の弱点は把握しているが、打ち負かしてもヴィヴィアンヌが敵意を持たれるだけだ。かわいい息子を演じるよう努力するよ」

「さすがでございます」

「さあ、急いで帰るぞ」

ジェラルドが馬を走らせると、マチューもそれに続いた。

彼がヴィヴィアンヌに会いにフォルジュ伯爵邸に来るに至ったのは、王太后に話を聞いたからではない。マチューの報告を受けてのことだった。

ジェラルドが黒い羊だと睨んだ、ルジャンドル侯爵家のロゼールはやはり黒かった。

ヴィヴィアンヌが両親からこってりと油をしぼられているとき、国王の居室にある書斎で、ジェラルドは、マチューとその部下たちから、本日の舞踏会におけるロゼールの活躍について聞いていた。

ロゼールには、ジェラルドの命《めい》により内偵がふたり付けられていたのだ。内偵の報告によるとこうだ。

ロゼールはヴィヴィアンヌを謀《たばか》った。

キスどころかほとんど話したこともないテオフィルと親密な関係にあったような嘘をヴィヴィアンヌにまことしやかに告げ、ケンカを誘発し、口論が始まると、広間に戻った。そこで、近衛兵のひとりに、国王の婚約者に身の危険が及びそうだと、か弱げに訴えかけた。

タイミングの悪いことに、ヴィヴィアンヌがテオフィルを倒したところで近衛兵が到着し、王太后がそれを目の当たりにすることとなった。

部下に一通り報告させたあと、マチューは首をひねる。

『ただ、こうすることでロゼールになんのメリットがあるのかがわからないのです。テオフィルに気があるとは考えられません。というのも、ロゼールは自身の美貌を自覚しているので普段、テオフィルのような伯爵家は全く眼中に置いていません』

『上昇志向の強い女だ。国王である私にも何度かダンスの申し込みがあったのは、おまえが一番よく知っているだろう？』

『国王陛下のことがお好きだったということでしょうか』

『それはどうだかわからないが、王妃の座に惹かれていたのは確かだ。こういう女はままいる。自分が欲しいものを手に入れる者が許せないんだ』

『邪魔したとしても、自分のものになるわけでもないのに？』

『そうだ。幸せを手に入れる者を見たくないだけだ』

こういう心理に関して、ジェラルドは姉たちを通して知りすぎるくらいに知っていた。

もうひとりの内偵が一歩前に出る。

『陛下、私は中庭に残りましたので、ヴィヴィアンヌ様の口論の内容についてご報告してもよろしいでしょうか』

この内偵も会話の記憶に長《た》けており、ヴィヴィアンヌとテオフィルの会話をそのまま伝えた。

ジェラルドが最も反応したのは、ここだ。

『〝男好きの国王様が、女好きのヴィヴィにはお似合いってことさ〟と言われると、ヴィヴィアンヌ様は急にお怒りになってテオフィル様の喉を突こうとされました』

――ヴィヴィ、だから君は最高なんだ。

『ムーレヴリエ伯爵家のテオフィル様を不敬罪に問いましょうか』

『いや、いい。内偵がばれるだろう？　私の名誉を守るために倒してくれた婚約者に免じて無罪だ』

ヴィヴィアンヌがテオフィルに好意を抱いているなら、不敬罪でもなんでも理由を付けて牢《ろう》屋《や》にぶち込んだだろうが、ヴィヴィアンヌに片思いする憐れなテオフィルは、『ヴィヴィ、まさか惚れて……？』という言葉とともに見事に失恋したわけだ。

――まさか惚れて……まさか惚れて……まさか惚れて……。

そこを三回堪能したあと、ジェラルドは突然立ち上がった。

『ヴィヴィアンヌに会いに行く』

『い、今からでございますか？』

『お忍びだ。侍従用の馬を用意せよ』

こんな経緯で、ヴィヴィアンヌの部屋の窓外に突如現れることになったジェラルドだった。


翌朝、朝食の前にジェラルドは母親である王太后の居室を訪れた。

「あら、ジェラルドがここにいらっしゃるなんて珍しいですわね」

「早朝からお邪魔して申し訳ありません。本日、ヴィヴィアンヌがこちらを訪問すると耳にしましてね」

ジェラルドは応接室の長椅子にゆっくりと腰かけた。余裕があるふうに見せるためだ。

王太后も近くの長椅子に腰かけ、顎をやや上げて双眸を細めた。尊大な印象を与える所作だ。

「ジェラルド、あの娘はもうおやめなさい」

——勘違いも甚《はなは》だしい！

今や、ジェラルドは一国の王だ。いくら母親とて彼を支配することはできない。

そんな気持ちを押し隠して軽く尋ねる。

「どうしてです」

「どうしても何も！　国王の婚約者が侯爵邸の中庭で若い男を相手に大立ち回り！　私の顔に泥を塗ってくれましたわ。今日呼びつけたのはお断りするためです」

「私の婚約者を、なぜ母上が断るのです？」

　そこで王太后は気づいた。息子は母に対して憤《いきどお》っている。こんなことは滅多にない。表情が顔に出にくいとはいえ、さすがに親子なのでわかる。

「……ひ、ひいては国王にも恥をかかせたことになるでしょう？」

　ジェラルドは立ち上がった。

「恥？　母上、あなたがおっしゃいますか？」

　ゆっくりと歩き、やがて王太后の椅子の背もたれに手を突いて背を屈める。

「どういう意味です？」

　振り返る王太后の耳元で囁《ささや》いた。

「ここ五年ほど、母上にはいろんな娘をあてがわれました。が、いいと思える娘がおらず、私は結婚を回避し続けた。そうしたら、どうです？　姉上たちは私が男色家だという噂を流し始めるではありませんか。それなのに母上は見て見ぬふりをなさいましたね？」

「だって、私ももしかしたら本当にそうなのかと思って……それで余計に焦って結婚をせっつくようになったのですよ」

「おかげで幾人か男性にせまられたんです。私が欲情できるのは女性に対してのみだというのに、ね？」

息子の口から出た欲情という生々しい言葉を耳にして、王太后が目を泳がす。

「そ、それは何より……ですわ」

「虚偽の噂を流したご自分の娘たちには注意すらしなかった母上が、私の婚約者は断罪するなんて、おかしな話だと思われませんか」

王太后が押し黙った。

「母上、二十四年間生きてきて私に結婚を決意させたのはヴィヴィアンヌだけです。これからまたそんな娘との出会いを待つとなると、さらに二十四年の歳月を要するかもしれませんよ？　私も父王の血統を絶やしたくはありません。ですから立場が弱いのは私のほう。彼女が私と結婚したくなくならないように今日、協力してくださいますね？」

「え、ええ……もちろん……です。よく考えたら強い子が生まれそうだし、あの娘がいい気がしてきましたわ」

ジェラルドは心の中でほくそ笑んだ。

「この私とあの娘の子なら最強ですよ」

ジェラルドと王太后のやり取りなど知る由もないフォルジュ伯爵家一行は、馬車が王宮の門をくぐり、宮殿のエントランス前で停まると罪人のような気持ちで伯爵、伯爵夫人、ヴィヴィアンヌの順で降り立った。

唯一の救いはジェラルドが迎えに出てきたことだが、表情が出にくいのが災いして伯爵夫妻は国王もお怒りだと思い込んでいた。

だが、ヴィヴィアンヌにはわかった。これが彼の満面の笑みだと。ジェラルドに手を取られて案内される。そのあとを彼女の両親が続いた。

ジェラルドが背を屈めてヴィヴィアンヌの耳元に口を近づけてくる。

——背が高いならではの所作、たまらないわ……。

いつも淑女たちから見上げられているので小柄な女性になった気分だ。

「母を説得するのに、王太子が必要だと大義名分を振りかざしたけれど、別に子が生まれなくても気にしなくていいからな？」

きゅーんと、ヴィヴィアンヌの胸をときめきが貫いた。ジェラルドが腰に手を回してくれなかったら、横向きにそのまま倒れていただろう。

——身に余る優しさ！

「で、でも私……ジェラルドとの子どもが欲しいですわ……」

彼の双眸が藁《わら》一本分くらい細まったのをヴィヴィアンヌの恋する瞳は見逃さなかった。

——愛情でいっぱいだわ……。

「実は……私もヴィヴィの子なら、どれだけかわいいかって……」

こんな会話こそ聞こえないが、少し離れてふたりのあとを付いていく伯爵夫妻は、ふたりの仲睦《むつ》まじい様子を目の当たりにして、国王にはまだ見捨てられていないようだとひとまず安堵の息を吐いた。

だが、娘の結婚の場合、一番の難関は姑《しゅうとめ》と相場が決まっている。

「母が自身の居室で皆様をもてなしたいと言っておりまして、こちらへどうぞ」

王太后の部屋に招かれるなんて滅多にないことだ。だが、今はそれを栄誉に感じる余裕などない。

侍従ふたりが黄金の装飾が施された重い扉を開くなり、ヴィヴィアンヌとその背後にいる伯爵夫妻は一斉に平身低頭となる。ここは昨晩何度も予行演習したところだ。

「王太后陛下、このたびは私どもの監督不行き届きで大変なご迷惑をおかけして申し訳ございませんでした。いくらお詫びしても赦されることではないと……」

話の途中で王太后の言葉がかぶせられる。

「あら、いいのよ。来月の結婚まで待てなくて呼び出してしまっただけです。元気なのは健康な証拠。さぞやお強い王太子が生まれることでしょう」

恐る恐る顔を上げた伯爵夫妻は王太后のほほ笑みを目の当たりにして拍子抜けしてしまう。

果たして、伯爵家一行はお茶菓子で歓待され、和やかな会話を楽しんで帰ることとなる。

そのあと、王太后は全然怒っていなかったと、弟のクロードが両親から責めたてられたのは言うまでもない。


とにかく全てが高速で進んでいった。ちょうど王宮舞踏会の予定があったので、それが急遽、婚約発表の場となる。

もちろん、ヴィヴィ様会の淑女たちは全員参加だ。皆から祝福を受けているヴィヴィアンヌを後目《しりめ》に、ジェラルドはロゼールに近づく。

「ロゼール、この間のヴィヴィ様会ではどうも」

「陛下、ご機嫌麗しゅう。覚えていていただけて光栄ですわ」

ジェラルドは歩を進めることで、ロゼールを皆から引き離した。

「ずっとロゼールのことが気になっていたのだよ。でも、これから話すことはヴィヴィには内緒だよ？　彼女は何も知らないからな？」

「まあ、内緒話だなんていけない国王様ですこと。ヴィヴィ様は私の大切な友人ですわよ？」

そう言いつつもまんざらでもなさそうに、首を傾《かし》げて上目遣いで見てくる。

——反吐《へど》が出る。

「きれいなほほ笑みだ。これで皆騙《だま》されるんだな？」

「だ、騙す？　なんのことです？」

ジェラルドは目を眇めた。

「おまえがヴィヴィアンヌを騙して、テオフィルとケンカするように仕向けたことはもうわかっている」

「え、お、おま？」

「そうだ、おまえだ。よくもご丁寧に私の母にまで見せやがって！」

「ま、まあ、何か誤解をなさっているのではありませんこと？」

ロゼールは扇を引き上げて顔半分を隠す。

「幸い、おまえが策を弄したことに、ヴィヴィアンヌもテオフィルも気づいていないから穏便に済ませてやる」

「いやですわ、そんな物騒なことおっしゃらないでくださいまし」

相変わらず美しい顔。眉をひそめて戸惑ったような表情を浮かべている。完璧な演技。ほかの男なら騙されるだろうが、ジェラルドは演技派の姉たちのおかげで裏が読めるようになっている。却って逆効果というものだ。

――ヴィヴィが騙されたのも仕方ない。

「私は黒い羊を見分けるのが得意でね？　あと、王家の諜報活動を舐《な》めてもらったら困る」

「黒い？　この私が？」

少し悲しげなきょとんとした瞳。この演技も秀逸だ。

「何がキスされた、だ。近衛兵の前でした演技も含めて、おまえの一言一句が記録されているからな」

「え、う、嘘……」

ここにきて、やっとロゼールは事態が呑み込めた。

「せめて謝るんだ、私にだけでも」

「ご、ごめんなさい……申し訳ございませんでした」

「今度、ヴィヴィアンヌが傷つくようなことをしたらおまえの家を廃爵にしてやるからな」

そのときロゼールは初めて無表情でない国王の顔を見た。両目が吊り上がり、その緑眼は怒りで燃えていた。

あわや倒れそうになるところをロゼールは近くにいた給仕に支えられてなんとか回廊に出ることができた。

「あら、ロゼールは？」

淑女たちのお祝いの言葉をひと通り受けたヴィヴィアンヌが不思議そうにジェラルドに訊《き》いてきた。

「気分が悪くなったといって、帰っていったようだよ」

第三章　悩ましきは初夜！

あっという間に結婚式の日がやって来た。花嫁がかぶる白いレースは、まるで透明な衣《ころも》のようで裾には木々が生え、そこから鳥たちが飛び立ち、三日月と星が浮かんでいた。その上に黄金のティアラが輝く。

「私たちの出会いが一枚の絵になったのね」

宮殿のエントランス近くにある控室で、ヴィヴィアンヌがジェラルドを見上げる。ジェラルドは軍服姿だが、いつもと違って儀式用の白で、黄金の儀礼剣を腰に提げている。

「ヴィヴィが本物の月の精になってしまったな」

ジェラルドが背を屈めて、ちゅっと新婦の唇にくちづけたものだから、周りの侍従や侍女たちは慌てて目を逸《そ》らした。

「そろそろいくか」

「申し訳ありません。その前に口紅をお直しさせてくださいませ……」

化粧を担当している侍女がヴィヴィアンヌの唇に紅を重ねる。

ジェラルドは手の甲で口に付いた紅を拭った。

するとこの所作が気に入ったらしく、ヴィヴィアンヌがうっとりとした眼差しを向けてくる。

ジェラルドが求婚した当初は今にも逃げ出さんばかりだったというのに――。

――結構、極端なんだな。

ジェラルドは思わず笑ってしまう。

「今、片方の口の端が少～し上がっていましたわ」

そして、ヴィヴィアンヌは彼の表情の小さな変化をも見つけてくれる。だからジェラルドはそのふっくらとした唇にまたキスを落とさずにはいられない。

再び皆が目を逸らしたあと、侍女が口紅を塗り直し、ジェラルドは口に付いた紅を拭った。

こんなやり取りののち、国王一行はようやくエントランスへと出て黄金の馬車に乗り込んだ。

ふたりが乗った馬車は王宮を出て、ゆっくりと大聖堂に向かう。ヴィヴィアンヌが窓越しに手を振ると、ひと目王妃を見ようと沿道で待ち構えていた民衆たちに祝福された。

大聖堂の前で馬車から降りる新郎新婦を見て驚いたのは貴族たちだ。ヴィヴィアンヌは光輝かんばかりの美しさだった。それもそのはず、あの『男勝りで男嫌いのヴィヴィ』の口角が上がっている。

彼女の口元にほほ笑みをもたらすことができた男性は、若き国王ジェラルドだけだったというわけだ。

　ヴィヴィアンヌは大聖堂に足を踏み入れる。

　外観から、天まで届きそうなほどの高さだと思っていたが、中に入ると本当に昇天するのではないかという荘厳さだった。吹き抜けの天井には色とりどりのガラスが埋め込まれており、それが採光窓となって中を照らしていた。

　貴族たちで席が埋まっている大聖堂の中央の通路をふたりでしずしずと歩くと、祭壇の前には、聖法庁から派遣された幹部司祭が白い聖衣を身に着け、厳《おごそ》かにこちらに視線を向けている。

　ヴィヴィアンヌが緊張していると、ジェラルドが手を繋いでくれたので少しほぐれた。

　祭壇前の高く小さな木製テーブルには、鉛製印章が紐《ひも》でくくられた結婚証書がある。これにふたりがサインをしたことで結婚が成立し、司祭が祝詞《しゆくし》を述べ上げた。

　大聖堂での儀式が終わると舞踏会だ。

　国王夫妻がファーストダンスを終えると、金髪の美形が近づいてきた。歳は三十前後だろうか。今まで王宮舞踏会で見たことのない顔だ。花の刺繍が派手な丈長の上衣を羽織り、首元のクラバットは美しい花模様のレースだった。

「ジェラルド様、おめでとうございます」

　ジェラルドを国王陛下と呼ばない彼が、爪先から天辺《てっぺん》までつぶさに観察するような視線をヴィヴィアンヌに送ってきた。

「ヴィヴィアンヌ、デルボネル辺境伯ノルベールだ。私のはとこにあたる」

そういえば、弟のパトリスが、国王と辺境伯がただならぬ仲だと言っていた。噂通りの美丈夫ぶりである。さっき、舐めるようにヴィヴィアンヌを見ていたのは、恋のライバルを品定めしていたのだろうか。

——この方が辺境伯⁉

——動揺を見せたら負けよ！

「初めまして。ヴィヴィアンヌと申します」

ヴィヴィアンヌが剣士のような凛々しい眼差しを向けて腰を落とす挨拶をすると、ノルベールが脚をクロスして手を広げる優雅な挨拶で返してくる。

——くっ！　男なのに私よりよっぽど優雅だわ！

「ノルベールは隣国との国境を守ってくれているんだ」

軍服を着用せず、お洒落《しやれ》で少し気障《きざ》な印象がするこの男性が国境を守っているなんて意外だった。

「ジェラルド様は私の城に毎春遊びに来てくださるから、幼いころからの付き合いなのですよ」

ノルベールが含みのある笑みを浮かべた。

——やっぱり、今もただならぬ仲なんじゃ……！

ヴィヴィアンヌはジェラルドを見上げる。

「来春も楽しみにしているよ」

ジェラルドは一見平然としていたが、よくよく見ると片目がわずかに細まっている。怒りを抑えようとしても抑えきれないという表情だ。友好的な言葉とは相反して見えた。

——え？　なぜ？

こっぴどい別れ方でもしたのだろうか。

と、そのとき、「国王陛下、おめでとうございます！」というお祝いの言葉が多方面から飛んできた。ほかの貴族たちも祝いの言葉を述べにやって来たのだ。

その中には、ヴィヴィアンヌが大立ち回りをしたあと、王太后の顔色を窺って態度を急変させた貴族たちもいた。彼らが今、にこやかに媚びへつらってくる。

ヴィヴィアンヌの心は急に冷え込んだ。

「どうした？」

すぐにジェラルドが察して顔を近づけてくる。その気持ちだけで心が温かくなった。ヴィヴィアンヌは周りに聞こえないように小声で彼に耳打ちした。

「皆様、おべっかばかりですわ。そんな方たちに囲まれてジェラルドは今までひとりでやっていらしたのですね」

ヴィヴィアンヌはジェラルドに熱い視線を向けられる。

「それに気づいてくれたのは君だけだ」

何げない感想を口にしただけなのに彼の琴線《きんせん》に触れたようで意外に思っていると、ジェラルドが囁き返した。

「でも、これからはふたりだろう？」

「そう、そうですわね」

耳に熱い息を感じて、ヴィヴィアンヌは顔まで熱くなる。

――今晩、やっぱり、するのよね？

ヴィヴィアンヌは改めてジェラルドの顔を見つめた。

凛々しい目元に長く真っすぐ伸びた睫毛が掛かって、高い鼻がすっと伸びている。

――こんな涼しげな顔をした人にも、弟たちみたいなアレがぶらぶらしていて、私に〝欲情〟したりするのかしら？

ぼぼぼっとヴィヴィアンヌは顔から火を噴きそうになる。次に懸案である自身の胸に視線を落とした。

――それより、盛っていない胸を見られることが心配だわ。

「ヴィヴィはわかりやすいな？」

ジェラルドに苦笑された。

――いやだわ。どこまで読まれたの？

ヴィヴィアンヌは気づいていなかったが、このとき貴族たちの間に激震が走っていた。

信じられないことに鉄面王は『男勝りで男嫌いのヴィヴィ』に夢中だ、と――。

失恋したのは淑女たちだけではない。ヴィヴィアンヌに好意を寄せていた男性たちの中で、最もショックを受けていたのはテオフィルだ。

ふたりを見ていたくなくて、テオフィルが帰ろうと回廊に向かったそのとき、急にきつい香水の匂いが漂ってきて、王姉、オリアーヌに捕まった。今日も孔雀《くじゃく》のようなドレスを着て、ファッションマニアの夫人たちを従えている。

「あら、国王夫妻への挨拶がまだなのではなくて？」

「いえ、もう失礼しようかと思いまして……」

「大立ち回りをした仲なのに？」

取り巻きが派手な扇を掲げてクスクスと笑っている。

「その節は王妃様に大変失礼なことをいたしました。王太后様にも申し訳なく思っております」

「あら、いいのよ。却ってふたりの結束が強まったんじゃないかしら。今度は優しい姉がさらに高めてあげることにするわ」

そう言ってオリアーヌが去っていった。

――高める？

オリアーヌは何をするつもりなのかと、テオフィルがいぶかしんでいると、「あら、テオフイル」と、今度はヴィヴィアンヌに声を掛けられた。

「国王様は？」

「今、オリアーヌお義姉様《ねえ》が、おふたりだけでお話ししたいって」

ヴィヴィアンヌは、レースとパールがふんだんに使われた白いドレスを身にまとっているが、彼女自身のほうがドレスよりもずっと美しかった。白く大理石のような美しい肌に、くりくりと好奇心に満ちた青い瞳、唇はぷるぷるとして触りたくなる。

だが彼女の頭上にはティアラが輝いていた。

――もう今日から国王様のものなんだよな。

「ヴィヴィ、独身のときは私から逃げ回っていたくせに、何か用かよ」

「まあ、いじけないで。私たち友だちでしょう？　結婚前と同じように話してくれる人と話したくなったの」

こんな余裕をかまされると、文句のひとつも言いたくなるというものだ。

「勝手だな。私なんか言いがかりをつけられて決闘させられた挙句に、王太后様と国王様の心証を損なったし、ヴィヴィと関わって碌なことがないよ」

「言いがかり？」

「そうだよ。私はロゼールとは、ほとんど話したこともないのに」

「どういうこと？」

「知らないよ。ヴィヴィが国王様に求婚されたのが気に食わなかったんじゃないか」

「そんなことありえる?」

テオフィルにしてみれば、ずっとヴィヴィアンヌに恋情を示し続けてきたというのに、どうやったらこんな誤解ができるのかと、腹立たしくて仕方ない。

「ありえるよ。それより国王様がさっきからこっちを見て睨んでいるから離れてくれないか。これ以上、国王様の気分を害したくないんだ」

「熱愛中なもので……ごめんなさいね」

男勝りのヴィヴィアンヌがとろけるような笑顔で去っていった。

——さらに高めるってこういうやり方か。

「……本当に、迷惑……」


夜更けに舞踏会が終わり、ふたりは回廊を通じて居室へと戻る。王妃の居室の前に来ると、ジェラルドがくちづけてきた。いつもより雰囲気がしっとりしている。

「じゃ、すぐに私の居室に来るんだよ?」

「は、は、はい」

花嫁の勝負は夜が本番だ。ヴィヴィアンヌの心臓は、ジェラルドに聞こえるのではないかというぐらいにばくばくと拍動していた。

ジェラルドが視界から消え、ヴィヴィアンヌは王妃の居室の扉に目を向ける。このやたら大きな両開きの白い扉には王家の紋章である黄金の鷲を模《かたど》ったノッカーが左右に付いていた。

装飾をたどって視線を上げていくと、扉の最上部中央に王妃をイメージした黄金の彫像、そしてその左右を飾る百合《ゆり》もまた黄金であった。ヴィヴィアンヌは王宮に来るまでこんな大きな金塊が付いた扉を見たことがなかった。

——ここが自分の部屋だという実感が湧かないわ……。

胸の綿詰め対策もあり、ヴィヴィアンヌは侍女四人を実家から王宮に連れてきていた。

黄金で縁取られた鏡の前で侍女たちにドレスを脱がされると、綿袋が飛び出し、鏡の中におまけていどの小さな胸が映し出される。

——大丈夫よ。私の夫は男女問わず恋愛対象にする度量の大きい方だもの！

いまだに夫の性的嗜好《しこう》を誤解しているヴィヴィアンヌは、仰向《あおむ》けになると胸が本当に平らになるから、もしかしたらそちらのほうが好みかもしれない、などと考え始める始末だ。

ネグリジェに着替え終わると、首席侍女がやって来た。王宮の侍女たちは貴族出身なので品位があるが、三十代後半と思《おぼ》しき首席侍女は貫禄《かんろく》まで備わっている。

ヴィヴィアンヌは胸がないのをごまかそうと、とっさに背を丸めた。その体勢を維持して首席侍女のあとを付いていく。

国王と王妃の居室は扉を挟んで繋がっている。重厚な白い扉は王妃の居室の扉と似ていたが、扉の上中央には国王をイメージした黄金の彫像があり、その左右には黄金の鷲が飛んでいた。

首席侍女が鷲のノッカーを敲くと扉が開いた。開けたのは侍従ではなく、国王自らである。ガウン一枚を羽織っただけのジェラルドが立っていた。

王宮の侍女たちはいつも澄まし顔を決めこんでいるのだが、このときばかりは首席侍女が目を丸くしたので、よほど異例なことなのだろう。

「ヴィヴィ、やっと来たな」

――扉の前で待ち構えてくれていたのね……。

「君は、もう下がっていい」

ジェラルドが首席侍女にそう声を掛けると、ヴィヴィアンヌはふわりと宙に浮く。ジェラルドに抱き上げられていた。

「寝室は隣の部屋だ」

耳元で低音で囁かれ、ヴィヴィアンヌは小さく震える。

――いよいよなのね。

ヴィヴィアンヌは叔母から教わった閨《ねや》の教えを思い返す。

『最初は痛みますが、最初だけです。決して痛がってはいけませんよ。剣で切りつけられたらこんな感じじゃないかって……！　でもせっかく盛り上がっているときに痛い痛いってあれはまずかっ……こほん、いえなんでも……こういうのはやはりムードというものが大切でしょう？』

その後も叔母は痛みを我慢するよう、やたらしつこく言ってきた。

──よほど痛いのか、私が騒ぎ立てそうだと思われてのことか……。

「ヴィヴィ、緊張しているのか？」

気づいたら、ヴィヴィアンヌは薄暗い寝室でジェラルドとふたりきりになっていた。縦抱きなので目の前に彼の高い鼻がある。

ジェラルドが大きな手でヴィヴィアンヌの頭を固定し、顔を傾けた。

「ちょ、ちょっとお待ちください」

ヴィヴィアンヌはジェラルドの唇を手のひらで突っぱねる。

「質問です。胸が少しふくらんでいるのと、まっ平ら、どちらがお好きですか？」

ジェラルドが半眼になる。

「まだ、そんなことを気にしていたのか」

「大好きなジェラルドが何を好きなのか知りたいだけです」

ジェラルドが照れたように口元をゆるめた。

「また、そういうことを真顔で……ヴィヴィなら、どちらでも好きだよ」

ジェラルドが片方の口角を上げて、覗き込むかのように見つめてくる。

——あら、暗いのに昼間より表情がわかりやすいわ。

「ちゃんと答えて」

「強いて言うなら、丁寧な言葉より、そういう気がねのないしゃべり方のほうが好きだよ」

「ジェラルドったら私に甘すぎです」

「いや、厳しいよ。これは王命だ。弟と話すような言葉で私と話しなさい、いいな？」

「まあ。陛下の命《めい》なら守らないわけにはいかないわ」

ヴィヴィアンヌは早速くだけた話し方に変えた。

「よろしい。より近づいた感じがして、余は満足である」

こんな台詞を言うときも彼は真顔だ。

「おかしな国王陛下」

ヴィヴィアンヌはクスクスと小さく笑う。少し緊張がほぐれてきた。

「ヴィヴィ……この一ヵ月がどれだけ長く感じられたか、わかるか？」

彼の双眸が切なげに細まる。顔が傾き、近づいてくる。寝室が薄暗いせいか、いつもと雰囲気が違う。ヴィヴィアンヌはドキドキが止まらなくなった。

ジェラルドが彼女の上唇を優しく食《は》み、また少し離して今度は下唇を食む。その動きは緩慢だった。いつもより時間があるせいか、じっくり味わおうとしているかのようだ。

そうやって彼女の唇のふくらみを何度も啄《ついば》んで楽しんだあと、彼の舌が唇の間《あわい》に侵入してくる。

「んっ……ふ」

ヴィヴィアンヌは、今まで体験したことのないゾクゾクとした感覚が背中に這《は》い上がってきて、思わず彼のガウンをきゅっと掴んでしまう。

彼女の小さな口に比して大きく肉厚な彼の舌が歯列を割り、口の奥まで埋められる。その生々しい感触は今までのキスとは全く違っていた。頭の奥がじんじんと痺《しび》れ始める。

しかも、ジェラルドが舌で彼女の口内をまさぐってくる。ヴィヴィアンヌの全てを感じとろうとしているかのようだ。

唇が離れるとふたりの間に透明な糸が伸びた。彼が自身の上唇を舐めたことで糸が途切れる。その仕草はとてもセクシーで、ヴィヴィアンヌはうっとりと眺めてしまう。

「そんな顔して……」

ヴィヴィアンヌを抱きしめる腕に力がこもったと思ったら、ジェラルドが歩き始めた。彼が向かうのは、鷲柄《わしがら》のドレープが垂れる巨大なベッドだ。

そこに仰向けでそっと下ろされる。真上には黄金の天蓋があった。

――こんなところで横になっているなんて信じられないわ。

天蓋は、ジェラルドの顔によって遮られた。唇が重なる。さっきとは打って変わって今度は彼女の唇全体を覆うようにくちづけたあと、ちゅうっと吸ってくる。

「……んっ」

とたん、さっきの甘い痺れが蘇《よみがえ》る。

ジェラルドがベッドに乗り上げ、ヴィヴィアンヌに覆《おお》いかぶさってきた。彼の太くたくましい左腕がヴィヴィアンヌの背とシーツの間に割り入り、抱きしめるようにして再び唇を吸ってくる。

「……んっ……ふぅ……んん」

唇が離れるたびに、ヴィヴィアンヌの口から吐息のような声が漏れた。

「ああ……君がここにいるなんて夢みたいだ」

ベッド脇の蠟燭の炎に照らされて彼の瞳は昼とは違う切なさを湛《たた》えていた。

「私も、自分が王宮にいるなんて不思議……」

「王宮じゃない。私の腕の中だろう?」

「だって、それは不思議じゃないもの」

ヴィヴィアンヌは彼の首に手を回した。

「もう、この娘ときたら……どれだけ……!」

ジェラルドはもう我慢ならんといったふうに彼女のネグリジェの裾を掴み上げながら、首筋に舌を這わせる。

「ふぁ……」

ヴィヴィアンヌはこそばゆくて肩をすくめた。

「ヴィヴィのどこもかしこも舐めつくしたいぐらいだよ」

と、そのとき、ネグリジェが胸の手前までまくり上げられた。

「え、ちょっと……」

ヴィヴィアンヌは慌てて彼の手首を掴んだ。

「何？」

「だって」

下半身はいい。ドロワーズを穿《は》いている。だが上半身は違う。これ以上めくられると平らな胸が白日のもとに――。

「私たちは結婚したんだよ？」

「そ……そうだけど……恥ずかしいわ」

男なら平らもありだが、やはり、女としては格好悪いように思う。

「わかった」

――わかった？　何が？

「ひゃっ！」

信じられないことに、ジェラルドがネグリジェの上から彼女の胸を食んだ。何かを探すかのように舌が蠢《うごめ》く。

――な、何……変な……感じ。

「んっ」

「見つけたよ?」

絹布越しにジェラルドが彼女の乳首を捕らえ、舐めたり甘噛みしたりしてくる。

「ふ……く……ぁあ……」

そのたびに彼女の喉奥から未知の音が零れ出た。

彼は追い打ちをかけるように、もう片方の胸を手のひらで円を描くようにして撫《な》で回す。そうして見つけた小さな突起を布越しにつまみ、こりこりとねじっていく。

「あ……や……どうして……? ジェラル……ド……?」

ヴィヴィアンヌは知らない世界に連れて行かれるような怖さを感じ、彼の手を除《の》けようとした。

「ヴィヴィ……」

彼女の名を口にして上目遣いで見上げてくるジェラルドの目つきは酩酊《めいてい》したようだ。初めて見る表情を前にヴィヴィアンヌは抵抗する力を失う。

ジェラルドが唇をもう片方の尖《とが》りに移し、ネグリジェの中に侵入させた右手で直に乳首をつまんでくる。

「あぁ……!」

ヴィヴィアンヌは腰をくねらせた。

敏感になった突起を、長く骨ばった指で引っ張られたり転がされたりしているうちに、ヴィヴィアンヌの下肢がなぜか熱くなっていく。

彼女はそれをどうにかしようと脚をもぞもぞとさせた。すると、ドロワーズを引き抜かれ、脚がむきだしになる。彼のガウンが開《はだ》けているので、がっしりとした脚と直にこすれ合う。すね毛の感触が存外に気持ちよく、ヴィヴィアンヌは吐息のような声が止まらなくなってしまう。

「ああ。ヴィヴィ……なんてかわいい声……」

そう言うジェラルドの声は切なげに掠れていて、ヴィヴィアンヌはずっと聞いていたいと思った。

「ジェラルド……好き」

「ヴィヴィ、君の全てを愛している……だから……」

――だから？

ジェラルドはネグリジェを彼女の頭から一気に外した。

「あっ」

ヴィヴィアンヌは思わず腕で胸を隠す。

「もう観念するん……」

ジェラルドはそう言いかけて息を呑《の》んだ。彼女の手首を掴んで両腕を胸から外すと、彼の目の前に現れたのは細く白い肢体。かわいいふたつのふくらみの頂点を彩る薄桃色はすでに尖っていた。

「灯《あか》り……消して……お願い」

ヴィヴィアンヌが彼の手を振り払おうとしたので、ジェラルドは我に返る。

「ずっと見ていたいぐらいだよ。どこもかしこも……君は美しい」

ジェラルドは彼女の指と指をからませて両手をシーツに縫い留めた。剣を握るので淑女にしては柔らかくはないが、小さくてかわいらしい手だ。

「や……恥ずかしいわ」

「もっと恥ずかしがらせてやる」

ジェラルドは耳たぶを舐《ねぶ》り、そのまま舌を彼女の首筋に這わせていく。

「ふ……くぅ」

ヴィヴィアンヌがくすぐったそうに肩を縮こまらせた。

ジェラルドは彼女の表情を一瞬たりとも見逃さないとばかりに熟視しながら、胸のふくらみに、ちゅ、ちゅ、ちゅとキスの雨を降らす。

「ふぁ……や……そこは……やぁ……やめて」

「どうして?」

「だ、だって小さい……ん……ふぅ……」

「今のままでもきれいなのに……大きいほうがいいのか？」

ヴィヴィアンヌは困ったように眉を下げ、こくりと頷いた。どうせ愛されるなら、少年扱いより女として愛されたい。

「ジェラルドと会うまでは小さくても大きくてもどうでもいいと思っていたのに……」

そのとき、ジェラルドの理性は飛んでいった。段階を踏んでゆっくり紳士的に初夜を進めるつもりだったが、そんな計画、最早《もはや》どうでもいい。

「ならば、私が大きくしてやる」

「えっ？」

まさかそんな方法があるとは、ヴィヴィアンヌにしてみれば青天《せいてん》の霹靂《へきれき》である。

ジェラルドがささやかなふくらみを大きな手で寄せ集めるようにして乳頭を盛り上げ、口に含んでちゅうっと強く吸う。もう片方の乳房も鷲掴《わしづか》みにした。

「あぁっ……！」

ヴィヴィアンヌは呻くような声を上げて背を反らせる。彼の手が離れたのでシーツを掴んだ。彼が乳首を甘噛みしたり、乳首を吸ったりを繰り返してくる。

「んっ！　くぅ……あっあっ」

ヴィヴィアンヌは頤《おとがい》を上げ、彼の脚に自身の脚をからませる。

「馬鹿だな……こんなに愛らしいのに恥ずかしがって……」

ジェラルドはもう片方の乳頭を口に咥《くわ》えた。

「ふぁ……」

ヴィヴィアンヌの瞳は半開きで陶然としている。

「やっと恥ずかしがる余裕がなくなったか……」

ジェラルドは乳房の麓《ふもと》、腹、臍《へそ》と、くちづけの位置を下げていく。

やがて、それが下腹にたどり着いたとき、ヴィヴィアンヌの腰がびくんと跳ねた。

「な……何……へん……」

体の奥底で眠っていた何か淫《みだ》らなものが覚醒し、ヴィヴィアンヌを支配していく。

――怖い……。

でも今、彼女の尻を掴み、腹部を舐めるジェラルドが気遣うように見つめてくれている。

「はぁ……あ……あぁ……ジェラ……あ、ああ……」

急に、ヴィヴィアンヌの小さな口から喘《あえ》ぎ声があふれ出した。未知の感覚をようやく受け入れることができたのだ。

「ヴィヴィ……聞かせて、もっと……」

「ジェラ……ルド……」

そのとき、ジェラルドの舌が淡い叢《くさむら》に隠れた蕾《つぼみ》にたどり着く。

「あっ……ああ！」

ヴィヴィアンヌは小さく叫び、腰を浮かせて顎を上げる。陰核を舌でこねくり回されると、じっとしていられなくなり両脚をやみくもに動かした。

臀部《でんぶ》に回されていた彼の手が、彼女の太ももを撫《な》でるようにして前側に回り込み、彼女の脚を左右に開かせる。

濡《ぬ》れた秘所が外気に触れただけなのに、なぜかヴィヴィアンヌの体中の皮膚が粟立《あわだ》っていく。追い打ちをかけるかのように彼の親指が太ももの付け根から谷間へと沈む。ヴィヴィアンヌは触られて初めてそこがぬるぬるしていることに気づいた。

——どうして？

そんな疑問は一瞬で霧散する。彼がふたつの親指で彼女の蜜源を暴くかのようにその入り口を広げたのだ。

「ふぁぁぁあ！」

ヴィヴィアンヌは、びくんびくんと脚を大きく痙攣《けいれん》させる。

ジェラルドは唇を蜜芽から秘所へと移し、蜜源を咥えこんで甘露をすすった。

「え……そんなの……美味《おい》しくないわ……」

ジェラルドが唇を離して上唇を舐める。

「いや、たまらないよ」

今度は彼が舌を差し入れてくる。と、同時に蜜孔を広げていた親指を外した。

「や……嘘……！」

ぬめった異物が自身の中に侵入してくる。彼の凛々しい顔がはしたない場所にあるというのに、ヴィヴィアンヌは腰がくだけてなされるがままだ。

ジェラルドが舌を押し込みながらも、尖った蜜芽を指で撫でるように愛撫してくる。

「う……くぅ！」

ヴィヴィアンヌは気が遠くなるような愉悦に襲われたあと、絶頂を迎えた。

「……どこもかしこもかわいすぎて……これ以上我慢できそうにないよ」

――我慢？

ヴィヴィアンヌがぼんやりとした頭で不思議に思っていると、ジェラルドがガウンを脱いだ。

蠟燭に照らされて浮かび上がるのは、弟たちとは違う、騎士のように鍛え抜かれた体――。

ヴィヴィアンヌはうっとりと眺めていたが、視線を下にずらして息が止まりそうになる。

それは弟たちのように、ぶらんぶらんしていなかった。雄々しく反り返り、そして――。

――大きい！

ヴィヴィアンヌは叔母から受けた初夜の薫陶《くんとう》を再び思い出す。

『国王様が男性の象徴をあなたに挿《い》れようとします。必ず受け入れること。拒否したり痛がったりしてはなりませんよ』

――拒否とかそういう問題じゃなくて……。

ヴィヴィアンヌは彼の雄を一瞥した。

――入らない大きさの場合はどうしたらいいのか……。

「ヴィヴィ」

ヴィヴィアンヌの動揺をよそに、ジェラルドが何事もなかったかのようにたくましい腕で彼女を抱き上げ、ベッドに座した。ふたりの間を隔てる絹布はもうない。

ヴィヴィアンヌはさっきのショックも忘れて片頬を彼の胸板に着け、肌と肌を直接重ねる愉悦に酔いしれた。筋肉は想像したほど硬くなく、すべすべとして肌触りがよかった。すりすりと頬をこすりつけていると、ジェラルドが頭を撫でてくれる。

――気持ちいい。

このまま時が止まったらどれだけ幸せなことか。

だが閨事はまだ始まったばかりで、そうはいかない。

「ヴィヴィ……」

ヴィヴィアンヌは彼の胸からはがされ、左腕にもたれた。彼の大腿の上で斜め座りとなる。右上から彼の視線を感じて恥ずかしくなり、自分の肩を抱くようなふりをして、片腕で胸を隠した。が、邪魔だと言わんばかりにすぐに右手を持ち上げられ、彼の肩に掛けられた。

「無駄な抵抗はやめなさい」

「は……はい」

落ち着いた声で頭上から囁かれ、ヴィヴィアンヌは自分が愚かな子にでもなった気分だ。

——仰向けのときより少しは胸のふくらみが出るから、みっともなくないわよ……ね。

ちらっと彼の顔を見上げると、満足げにほほ笑んでいる。裸になると、人は心もむき出しになるのだろうか。彼の仏頂面《ぶっちょうづら》を見慣れている臣下たちは、彼らの主君がこんな表情をすることができるなんて想像すらしていないだろう。

「素直でよろしい」

彼女の肩を抱いていた手が腋《わき》の下から伸びてきて左の乳房を掴んだ。

「ふ……ふあ」

ヴィヴィアンヌが恐る恐る視線を落とすと、小さなふくらみに彼の長く骨ばった指が食い込んでいる。

何かいけないものを見てしまったようで、ヴィヴィアンヌが目を逸らすと、今度は右の乳房の頂点をつままれる。

「んっ……くぅ」

ヴィヴィアンヌは不意打ちに目を瞑《つむ》って首を傾げた。

「ヴィヴィ、今のままで十分美しいよ?」

ヴィヴィアンヌが、胸が小さいのを気にしていると思っての発言だろう。耳元で囁かれる声はどこまでも甘かった。

「う……」

彼が乳首をぐりぐりとねじっていたかと思うと、おもむろに引っ張り始めた。

「でも、大きくしたいって言うなら、どんどん協力してやる。見て？」

ヴィヴィアンヌが朦朧《もうろう》としながら薄目を開けると、指で頂点を引っ張られて乳房が淫らな形になっていた。ヴィヴィアンヌは手で突っぱねようとしたが、口から甘い嬌声《きょうせい》を漏らすことしかできない。

「あ……あぁ……ん、ジェラ……ルド……ふぁ……あぁ……」

「ヴィヴィ、君のこんな声を聴けるなんて……」

ジェラルドの高い鼻が彼女の黄金の髪をかき分け、頭に唇を寄せられる。

誰も知らない声や表情を見ることができて悦《よろこ》んでいるのは自分だけではなく彼も同じだ。そう思うと、ヴィヴィアンヌの胸は高鳴り、瞳に涙がにじんでくる。

「気持ちいいんだな？　さっきから……すごい」

——すごい？

ジェラルドの手が乳房から離れ、股ぐらを掴まれる。それでやっと意味がわかった。そこはもうびしょびしょだ。

——恥ずかしい。

そんな気持ちすら今や快感を高めるだけで、ヴィヴィアンヌは皮膚という皮膚を総毛立たせる。

ジェラルドが指でステップを踏むかのように彼女の花弁を開いてちゅくちゅくといじってきた。

「ふゎ……ぁ……」

ヴィヴィアンヌはあえかな声を上げてえび反りになり、頭頂を彼の胸に押しつけた。左胸に彼の指が食い込む。そのとき蜜口がひくひくと痙攣したのが自分でもわかった。

「ヴィヴィ……欲しいんだな？」

「ふ？　ふぁ？」

ジェラルドが自身の肩に掛かっていた彼女の細腕を外して引っ張り、軽々と体を向かい合わせにする。ヴィヴィアンヌは体に力が入らず、なされるがままだ。

さらにジェラルドは彼女の太ももを掴み、ぐいっと片脚を引き寄せる。ヴィヴィアンヌは脚を左右に広げて、彼の大腿を跨《また》いでいた。

「やぁ……はしたな……あっ」

そのとき、彼の張りつめた剛直がちょうど彼女の尻の谷間にすっぽりと収まった。

その大きさに怖気《おじけ》づいていたヴィヴィアンヌだが、ジェラルドが竿《さお》で彼女の秘所を撫でるように腰を小さく揺らしてくると、夢のような境地に陥り、気づいたときには彼の背にしがみついて首を反らせて金糸のような髪を振り乱していた。

「あっ……あ……あ、あ……あっ……あぁ」

ヴィヴィアンヌは自分でもこの音しか発せなくなったのだろうかと不可解に思うが声が止まらない。

「ヴィヴィ……そんな……しがみついて……私をどうしようって……」

何か答えたいと思ったが、ヴィヴィアンヌは相変わらず声にならない声しか発することしかできなかった。

「そろそろ……いいな？」

ジェラルドが彼女をゆっくりとベッドに仰向けに下ろした。膝裏を掴んで、彼女をふたつに折りたたむかのように両脚を広げさせる。

「えっ……や、見ないで」

ヴィヴィアンヌはとっさに秘所を隠そうと手を伸ばした。

「見るどころか、さっきしっかり舌で堪能させてもらったよ？　何を今さら？」

ジェラルドが彼女の引きしまったふくらはぎにくちづけながら横目で見下ろしてくる。その劣情をまとった表情に、ヴィヴィアンヌはぞくりと震えた。自身を全て彼に捧《ささ》げたいような途方もない快楽に襲われる。

くちづけが膝裏に達したころには、脚からすっかり力が抜けていた。

ジェラルドが座したまま彼女の腰を掴んで自身のほうに引き寄せる。すると、硬くぬめった何かが蜜源に蓋をした。彼が亀頭を彼女の蜜孔にあてがったのだ。

さっきは怖かった彼の雄が今や彼女に悦《よろこ》びをもたらす。

「ヴィヴィ……」

ジェラルドが大きな手で彼女の頬を覆い、愛情のこもった瞳を向けてくれる。

「……ジェラ……ルド」

ジェラルドはしばらく挿れずに尖端《せんたん》で膣口をぬるぬるとかわいがった。またしても、ヴィヴィアンヌは「ふぁ、あ……」と喘ぐことしかできなくなる。

「きついな……」

ジェラルドは親指で花弁を広げて、浅く彼女の中に押しいった。

「あんっ」

ヴィヴィアンヌは自分らしくない高い声を上げてしまったと恥ずかしくなる。

——さっきから私、おかしいわ。

「ああ……ヴィヴィ、こんなに狭いのに……」

ジェラルドは感激したような口調とは裏腹に目を眇めた。何かを必死にこらえているかのように見える。実際、彼は奥まで一気に突き上げたい気持ちを、歯を食いしばって抑えていたのだが、それはヴィヴィアンヌの与《あず》り知らぬところだ。

ジェラルドが前屈《まえかが》みになって彼女の両脇に手を突き、熱棒でぐぐっと隘路《あいろ》をこじ開けていく。

とたん、ヴィヴィアンヌの下肢に疼痛《とうつう》が奔《はし》った。

「いっ」

ヴィヴィアンヌは痛いと言いかけて口を噤んだ。

「痛むのか」

「んっ……あ、でも……」

――耐えなきゃ。

ジェラルドが両手で彼女の乳房を掬《すく》い上げ、親指でその先端を弾《はじ》くように撫でてくる。痛みを忘れさせようとしているのだろうか。

「あっ、ジェラ……あ……あぁ」

ヴィヴィアンヌはまんまと再び悦楽の沼に引きずり込まれる。喘ぎながら、その声に合わせて、彼の切っ先をきゅっきゅっと締めつけているような気がした。

ジェラルドが真剣な眼差しを向けて、はち切れんばかりの欲望をさらに中へと進める。

「む、無理ぃ……！」

――しまった、つい……！

ヴィヴィアンヌは「……いえ、意外と大丈夫。すごく平気。だって私、剣の達人だし」と慌てて付け加えた。

今、ジェラルドは叔母が教えてくれたように『男性の象徴を挿れようとしている』のだ。拒んではいけない。

それなのにジェラルドは少し退《ひ》いて、浅瀬に戻った、

「大丈夫って、痛むんだろう?」

「……だって、おっきすぎる……」

叔母の薫陶はここまで大きいことを想定していなかったとしか思えない。

「ヴィヴィ、煽《あお》っているのか?」

「え? あ、あおる……?」

意味がわからず、ヴィヴィアンヌがぽかんとしていると、ジェラルドが蜜芽を優しく撫でてきた。えも言われぬ甘い痺れが麻薬のように体中に広がっていく。

彼の怒張を咥えこんでじんじんしていた下肢の痛みが消えていくようだ。

ヴィヴィアンヌは蜜壁を蠕動《ぜんどう》させて知らず知らずに彼を奥へと誘《いざな》い始める。「あぁん」と、甘い声まで漏らす始末だ。

それを好機と捉えたのか、ジェラルドがまたねじ込んでくる。

ヴィヴィアンヌは下唇を噛むことで、今度は痛みを口にせずに済ませられた。

「ヴィヴィ……痛みを我慢するように言われているのか?」

ジェラルドが心配そうに顔を近づけてくる。

――ジェラルドには隠せないわ。

「いえ、ただ……こんなに大きいなんて聞いてなかったから……」

「……そうか」

ジェラルドが繋がっていた性を外し、彼女を膝上に座らせた。ヴィヴィアンヌは頬にくちづけられる。

「痛すぎるなら少しずつ慣らしていけばいい。私たちは結婚したんだ。時間はたっぷりある」

「……ジェラルド」

あまりの優しさにヴィヴィアンヌは目を潤ませる。目尻にじんわりとにじみ出た涙にジェラルドがキスをしてくれた。

ヴィヴィアンヌは彼の腕に手を伸ばす。

「でも……私、やっぱりジェラルドの本物の妻になりたいわ」

「もう本物だよ」

ジェラルドが指で彼女の金髪を梳《す》き始めた。

「え、でも……」

「さっき達したから、もう私の、私だけの妻だ」

ヴィヴィアンヌの全てが自分のものであるかのようにジェラルドが手を、髪から乳房の輪郭をたどり、さらにくびれた腰をさすり、黄金の和毛《にこげ》へと這わせていく。

くすぶっていた官能がざわざわと彼女の中で再び蠢《うごめ》き始める。

「た、達する……？」

ヴィヴィアンヌは小さな口を半開きにし、とろんとした瞳で彼を見上げていた。

「さっき全身の力が抜けただろう？」

「そうなの。頭が真っ白になるくらい気持ちよくて……あんっ」

彼の中指が彼女の谷間に沈んだ。長い指が秘裂にぴったりと添えられ、そこを前後してくる。そのたびにくちゅくちゅと水音が立った。

「んっ、あ、あぁ……ふぁ……」

ヴィヴィアンヌが首を反らせると、黄金の髪がふわりと広がる。彼女の背はたくましい腕で支えられていた。その手が回りこんで彼女の乳房を覆う。指と指に乳首を挟まれ、ヴィヴィアンヌの腹の奥深くに再び情欲の炎が灯った。

陰唇をさすっていた指が、あふれる蜜のおかげですんなりと隘路へと入り込む。彼の楔《くさび》に切りつけられたところがうっすらと痛むが、指をかき回すようにして出し入れされると、背筋がぞわぞわとして頭の中が痺れだす。

「ふぁ、はぁ……は……ふ……はぁ」

快感の海で溺れかけたかのように、ヴィヴィアンヌはジェラルドに手を伸ばし、胸を上下させて必死で息をする。

彼の指がぐっと奥を突いたとき、宙で何かを掴もうとしていた彼女の手は力を失ってぶらんと下に落ちた。

ヴィヴィアンヌはふわふわと真っ白な世界に浮かんでいる。

ジェラルドが彼女をぎゅっと抱きしめて後ろに倒れたので、ヴィヴィアンヌは彼の胸に頬を預け、薄目を開けた。

——ああ、達するってこのことね……。

「ヴィヴィ……？」

ヴィヴィアンヌは彼にしなだれかかるようにしてうつ伏せになっているので、ぼんやりとした頭に彼の低い声が直に届く。普段のようにはきはきしておらず、掠れて、甘い。

「ん……ジェラルド」

「また達したんだろう？　これで二回目。だから正真正銘の妻、私の妻だよ？」

妻という言葉を噛みしめるようにジェラルドが二度つぶやく。

「……うれしい」

ヴィヴィアンヌは彼の首に手を伸ばして抱きつき、顔を上げた。

「ジェラルドと結婚できて、私、幸せだわ」

感激のあまり、ヴィヴィアンヌの目に熱いものがこみ上げてくる。

「幸せ者は私だよ」

「……私、あなたの前では泣いてばかりね」

ジェラルドが顔を擡《もた》げて彼女の頬に落ちた露を舐めとった。

「この宝石は、ほかの男に見せてはいけないよ」

刹那、きゅんっと、ヴィヴィアンヌの中に甘く切ない感情が湧き上がってくる。しかも、きゅんきゅんきゅんと、それがとめどなくあふれ出て止まらない。

――ど、どうしよう……。

ヴィヴィアンヌは、わなわなと震えながら、火照った顔をジェラルドに向ける。

ジェラルドは不思議そうに、彼女を覗き込んで顔を傾けてきた。

ヴィヴィアンヌは決意を固め、きゅっと両眉を左右に引き上げる。

「やっぱり、私、あなたと繋がりたい」

「……気持ちだけでうれしいよ」

ジェラルドがわずかに眉を下げて、小さくほほ笑んだ。

ヴィヴィアンヌはがばっと起き上がる。彼の片方の大腿に跨るようにベッドに膝を突いていた。

「ジェラルド、優しすぎなのよ。……ひと思いにぐっさり突き刺すがいいわ！」

ヴィヴィアンヌが決死の覚悟でそう告げたというのに、ジェラルドはわずかに瞠目《どうもく》しただけだった。

「剣術じゃあるまいし！」

ジェラルドが大口を開けて笑い出す。

ヴィヴィアンヌは瞳をこじ開けた。

「……笑った、笑ったわ！　ジェラルドが大笑いしたところ、初めて見たわ！」

「何を決意したのかと思ったら……面白すぎだろう！」

ジェラルドも起き上がって大きな手でヴィヴィアンヌを抱き寄せる。

「……こんなに笑ったのは久しぶりだ」

「なあに、それ。今までそんなに楽しいことがなかったの」

ジェラルドは少し考えこむような表情をしたあと、「そうかもしれない。でも、これからは君がいる」と、ほほ笑んだ。

彼の鋭い双眸が垂れ気味になり、唇が弧を描いている。

ヴィヴィアンヌは身を乗り出して彼の頬に手を置き、間近で見つめた。

「いつもはかっこいいけれど、笑うとこんなにかわいくなるのね？」

ジェラルドがぷっと噴き出した。

「かわいい？　私が笑顔を作ると、皆、震え上がるぞ？」

「……それは心の底から笑っていないせいでしょう？　ねえ、もっと笑って」

ヴィヴィアンヌは彼の口の端をつんつんと指でつついた。

「笑えと言われて笑えるものじゃないだろう？」

「……それもそうね」

ヴィヴィアンヌはおもむろに彼の首を指先でこちょこちょとくすぐり始める。

「こそばゆくもない」

平然とした顔が小憎らしい。

「じゃあ、ここは？」

今度は、彼の腋下両方に指を差し入れてくすぐった。

「……男をそんなに挑発するものじゃないよ」

「ちょ、ちょうはつ？」

ヴィヴィアンヌはジェラルドに押し倒され、情事の予感にどきりとする。だが、彼が取った行動は想像とは違っていた。

ジェラルドが真剣な顔でヴィヴィアンヌの両方の腋下に手を突っ込み、四指でくすぐってきたのだ。

「や、やめてー、ふひゃひゃひゃ……ひゃ」

ヴィヴィアンヌはあまりにくすぐったくて変な笑い声を漏らした。

「ここは？」

今度は首をくすぐられる。

「ひゃっ……やめっ、そこもだめぇ……ひゃっは」

「どこもかしこも敏感だな」

「きゃっ」

ジェラルドがぐいっと片脚を持ち上げた。足首を掴んで足裏をくすぐってくる。これでは秘所が丸見えだ。だが、ヴィヴィアンヌに恥ずかしがる余裕はなかった。

「やっだめ、だめ、そこ、もっと……だっめぇ……ひゃっ……は……ふひゃ」

ヴィヴィアンヌは脚をじたばたとさせるが、彼は足首をしっかりと固定し、くすぐるのをやめなかった。

「ここが一番弱いようだな」

「や、やーめーてー」

笑いすぎて涙まで出てきたところで、ヴィヴィアンヌは「きゃっ」と小さく叫んだ。

「隙あり」

彼女の下腹奥深くまで彼の剛直でみっちりと埋まっていた。

「あ……」

不意を突かれ、ヴィヴィアンヌは何が起きたかわからず、呆《ほう》けたように口を開けたまま固まる。笑って脱力していたところを灼熱《しゃくねつ》で一気に貫かれたのだった。

「ヴィヴィ……」

ジェラルドが背を丸めて顔の位置を合わせ、切なげに見つめてくる。彼女の左右には彼のたくましい腕が伸び、大きな体で囲われた。

「……ジェラ……ルド……あなた……私の……な……か……？」

下肢がじんじんと痛むのだが痛くない。ふたりの契りを寿《ことほ》ぐかのように体中に降り注ぐ愉悦の前に痛覚などなんの意味もなさなかった。

「……やっと、ひとつになれた」

「ひとつに……」

ヴィヴィアンヌの瞳から涙があふれる。

「痛むのか」

退《ひ》こうとするジェラルドを制止しようと、ヴィヴィアンヌはその手をぎゅっと握り返した。

「ううん、感動してるの」

それなのに彼は後退した。ヴィヴィアンヌが瞳でなぜ、と問うと、ジェラルドが諭すように睫毛を伏せ、再びぐっと腰を押しつけてくる。

「実は……私もだ」

「ふぁ……あっ」

ジェラルドが熱塊を少し引きずり出しては再び根元までねじ込む。その繰り返しが始まると、大きな快感が潮の満ち引きのように寄せては返してくる。その干満が破瓜《はか》の傷を消し去っていくようだ。

中に入り込むだけではなく、この律動そのものが愛の行為だとヴィヴィアンヌが悟るのに時間はかからなかった。

薄く開けた瞼の間から見える彼の眼差しはどこまでも甘い。そんな瞳を向けられて、ヴィヴィアンヌは突かれるたびに「は……ふぁ……」と、力なく声を漏らす。

「ヴィヴィ……君は……中まで温かいんだな」

彼のたくましい大腿が太ももの付け根にぱんっとぶつかるたびに、ヴィヴィアンヌは強すぎる快楽から逃れるかのように彼の腕に手を突っ張らせ、上体を弓なりにして顔を左右に振った。

それに反して下半身は無力だ。脚は脱力し、左右にだらしなく広がって悦びに震え、秘所はひくついて彼自身を迎え入れ、よだれのように蜜を垂らす。

枕もとの蠟燭の炎だけが頼りの薄暗い寝室は今、大腿と太ももがぶつかる音、そのたびにじゅ、じゅぶっと立つ水音、絶え間なく彼女の口から零れる嬌声で渦まいていた。

ジェラルドが抽挿をしながら彼女の左手を取り、彼の肩に引っ掛ける。そして自身の右手で彼女のささやかな左胸のふくらみを覆い、親指と中指で、ぷっくりと立ち上がったピンクの蕾をつまむ。

その瞬間、ヴィヴィアンヌはびくんと大きく反り返った。官能が一気にぐわんと襲いかかってきて全身を揺さぶられるようだ。居ても立ってもいられず、両脚を彼の腰にすりつける。

「どうして……?」

自分に何が起こっているかわからないまま、ヴィヴィアンヌはただただ自身を巻き込む官能の嵐に全身をぞくぞくと侵食されていた。

「ふぁわ……あぁん……」

と、小さな口をめいっぱい広げて啼《な》いた。啼き続けた。

「かわいい、かわいいよ……ヴィヴィ……」

ヴィヴィアンヌは、朦朧とした頭で、こんなはしたない格好でもかわいいと言ってくれるジェラルドのことを優しい夫だと思う。

彼はピンクの尖りを親指で捏《こ》ねながら、片腕を彼女の背に回すことで体を密着させる。腰を押しつけられるたびに、ヴィヴィアンヌの頬は彼のしなやかな胸筋に撫でられた。秋だというのにふたりは汗まみれで、肌と肌がねっとりとからみつくようだ。

「ジェラ……！」

と、そのときヴィヴィアンヌは刮目《かつもく》した。どくん、どくんと全身が拍動し始めたのだ。

自分が何か違うものに変化しようとしているようで、ヴィヴィアンヌは怖くなって彼の肩にしがみつこうと爪を立ててしまう。

それなのにジェラルドがうれしそうに片方の口の端を上げてこう告げてきた。

「ヴィヴィ、もうすぐなんだな」

——もうすぐ？

ジェラルドが胸の愛撫をやめて上体を伏せる。前腕をベッドに着けて自身の体重を支えているので、ヴィヴィアンヌは圧されることなく彼の肌の温《ぬく》もりだけを感じることができた。安心感からヴィヴィアンヌは手をゆるめる。

と、そのとき、ジェラルドがぐっと力強く最奥を穿《うが》ち、そのまま止まって体をぴったりとくっつけてきた。

「あっ……ジェラ………！」

まるでひとつの塊になったようで、ヴィヴィアンヌはますます昂《たかぶ》り、きゅうきゅうと雄芯を締めつけ、びくびくと脚を痙攣させる。

「あ……や……ジェラ……ジェラルドォ……！」

自身の中で彼の猛《たけ》りが勢いを増していくのを感じていると、急に甘い衝動が天辺まで突き抜け、恍惚《こうこつ》の境地へと達した。

「ヴィヴィ……」

切実な声とともに、彼女の中で彼の雄がぶるりと震える。

「今度はともに……いいな？」

第四章　国王様は新妻に夢中！

自身の腕の中ですやすやと気持ちよさそうに眠るヴィヴィアンヌがかわいすぎて、ジェラルドはあまり眠れなかった。朝方、ようやくうとうととし、結局いつもより早く目覚める。それなのに彼の頭は冴《さ》え冴《ざ》えとしていた。

痛がりながらも、本物の妻になりたいと彼を受け入れ、そして今、隣で幸せそうに眠るヴィヴィアンヌ。

——けなげすぎだろう！

妻がかわいすぎて夫が死んだ事例などないのだろうか。ジェラルドは今すぐにでも死ねる自信があった。

ジェラルドは上体を起こして上掛けをまくる。

朝の光の中で、ヴィヴィアンヌの肢体は、肌のきめ細かさと白さが際立っていた。彼女の小さなふくらみの頂点を彩る薄桃色が昨晩は淫靡《いんび》に見えたが、今は清廉な魅力を放つ。

どくんと、彼の下肢が熱くなる。

――いけない！

ジェラルドは慌てて彼女の体に上掛けをかぶせた。

ヴィヴィアンヌの足が上掛けの外に少しだけ飛び出している。

――なんだ、ちょこんとはみ出して……。このちょこん……たまらないな。

ジェラルドは身を乗り出し、彼女の足を掴んだ。

――やわらかい。

剣の稽古などで淑女にしては足を使っているほうなのに、なぜこんなにやわらかいのだろうか。不思議に思ってジェラルドは足を恭《うやうや》しく持ち上げ、じっと眺める。あまりのかわいさに足先に頬ずりしてしまう。

「ん？　ジェラルド？」

という寝ぼけ声が聞こえてきて、ジェラルドはそっと足を置いた。

「ヴィヴィ、起きたんだ？」

「ん……起きたらジェラルドがいるなんて夢みたいだわ」

ヴィヴィアンヌが眠そうに手で瞼をこすっている。

――私を殺す気か！

「おはよう」

ジェラルドはヴィヴィアンヌの頬にキスをした。頬もやわからそうだと思ってのことだ。

実際、ふわふわとしていてババロアのようだった。ジェラルドは甘いものが嫌いだが、今後はババロアなら食べてもいいような気がしてくる。

「おはようござい……おはよう」

ヴィヴィアンヌは昨晩、気さくなしゃべり方をするように命じられたのを思い出したようでそんな挨拶をした。

——閨の睦言《むつごと》だというのに、なんて呑み込みが早いんだ。

ジェラルドが妻の頭のよさに感心していると、ヴィヴィアンヌが起き上がった。はらりと上掛けが落ちて、むき出しの上半身が露わになる。

ヴィヴィアンヌは自身の胸に視線を落としてから、困ったように眉を下げて上目遣いでジェラルドを見つめた。

「少しは大きくなったかしら？」

——なんという破壊力！

彼女のかわいさはジェラルドの計画をいとも簡単に潰した。

新妻は昨晩、破瓜を迎えたばかりなので、今朝はキスにとどめようと思っていたのだが、なけなしの理性がどこかに吹き飛んでしまったのだ。

「……もっと大きくしてやろうじゃないか」

「本当に⁉」

期待で瞳をきらきらとさせるヴィヴィアンヌをジェラルドは抱き上げ、自身の大腿の上で横にした。背を屈め、乳房の頂にかぶりつく。

「あ……ジェラルドォ」

甘えたように名前を呼ばれ、ジェラルドの背にぞくりと快感が奔《はし》る。乳頭を舐めたり吸ったりしながら、乳房が盛り上がるように揉みしだいた。

「ふぁ……あぁ……これ、変になるのぉ」

ヴィヴィアンヌは肩を彼の腕に支えられ、手を頭上に投げ出して頭をいやいやと振っている。

——そうだ、ヴィヴィ、狂え、私に。私以外の男が目に入らなくなるがいい。

ジェラルドは無言で、彼女の胸を舌で交互に愛撫しながら、もう片方の乳房に視線を向ける。唾液に濡れた乳首はつんと立ち上がっていた。

彼はおもむろに下肢のほうに手を伸ばす。手を彼女の太ももの間《あわい》に沈めると甘露にまみれる。秘裂を前後にゆするとちゅぷちゅぷと音がするくらいにそこは蜜であふれていた。

——こんなに感じて……。

その間《かん》も、彼女の小さくてかわいい口からはひっきりなしに愛の声が湧き上がっている。彼の漲《みなぎ》りはすでにはちきれんばかりだ。

ヴィヴィアンヌは彼の欲望が硬くなっているのを腰で感じているのだろうか。それとも乳房と秘所をいじられて、それどころではないのだろうか。

ジェラルドは尖った乳首を舌先でもてあそびながら、指先を膣口に差し入れる。

一瞬、彼女の両脚が跳ね、啼き声が一段と高くなった。ヴィヴィアンヌは顔から鎖骨のあたりを朱に染めて、小さな口をめいっぱい開けている。

どくんと、彼の下肢がまた大きく脈打った。

ジェラルドは今すぐにでも挿入したい気持ちを抑え、しばらく浅瀬をくちゅくちゅといじる。痛がる様子がないどころか、ヴィヴィアンヌが蜜口をひくひくとさせて彼の指を迎え入れてくれた。しかも、あふれる蜜でじゅぷじゅぷと淫猥《いんわい》な音が立っている。

ここまで濡れれば挿入してもそんなに痛くないだろう。

「ヴィヴィ……」

ジェラルドはぐったりとしたヴィヴィアンヌをベッドに下ろし、彼女を抱きしめたまま横向きになった。ふたりは横臥《おうが》で向かい合う。

陶然としたヴィヴィアンヌの青い瞳を前に、ジェラルドの心はますます燃え上がった。

ジェラルドは額にキスを落としながら彼女の両脚の間に大腿《あわい》を差し入れる。彼女の尻のふくらみを掴んで固定し、大腿でぬるぬると秘所をしばらくこすったあと、手を、尻から太ももへとずらして彼女の片脚を持ち上げた。

彼の猛《たけ》りを秘裂に沿って置き、ジェラルドは、今度は竿で彼女の秘所を前後に撫でる。

「はああ、はああは、ふぅううん……ふぁん」

よほど気持ちいいのか、ヴィヴィアンヌが猫か何か小動物が喜ぶときに上げるような音で啼いた。

「ヴィヴィ……狂うのは私のほうだな」

ジェラルドはもう降参だ。膝裏を持ち上げ、隘路に怒張をぎちぎちとねじ込む。

——きつい。

「ふっ、くう」

ヴィヴィアンヌから感極まったような声が漏れる。痛がっている様子はない。

昨晩、ジェラルドはなるべく抜き差しを少なくしようとゆっくりと抽挿したが、今回は、小刻みに揺らすように腰を動かした。

そのたびにヴィヴィアンヌが声では「あ、ぁ、ふぁ、あ、あ」と細かく反応し、蜜壁ではうねるように締めつけて彼の性を愛撫してくる。

「く……ヴィヴィ……なんて……」

気が遠くなるような気持ちよさだった。

ジェラルドは膝から手を離して彼女の背をぎゅっと抱きしめる。ヴィヴィアンヌもまた彼の背にしがみついた。彼の熱杭で奥まで突かれるたびに、胸のふくらみが彼の腹筋を撫《な》で上げる。

だんだんとヴィヴィアンヌの嬌声は切羽詰まったものになり、彼の雄を締めつける頻度が上がっていく。

「……そろそろだ。ヴィヴィ……いっしょに達《い》こう」

昨晩は彼女が達したのを見届けてから吐精したジェラルドだが、今度はともに昇りつめたかった。

「い？　い？」と、ヴィヴィアンヌは返事なのか嬌声なのかわからない音を発している。

ジェラルドは小刻みに揺らすのをやめて、ガッガッと何度も奥まで抉《えぐ》るように穿つ。

「あっ！」

ヴィヴィアンヌが小さく叫んだのを合図に、ジェラルドは大きく奥まで突いてそこで止まり、彼女の中で爆《は》ぜた。

と同時に、彼女の手から力が抜け、ぽたりとシーツに落ちる。

――達したか。

ジェラルドは挿入したまま、はぁはぁと息を整える。

ずっと繋がっていたいのはやまやまだが、そろそろ朝の支度だ。彼女を抱きしめたまま半回転して、ヴィヴィアンヌを仰向けにし、そこでやっと性を外した。

彼女の体を上掛けで隠して、ジェラルドが起き上がろうとしたところをヴィヴィアンヌに手を取られる。

「置いていかないで」

青い瞳に黄金の睫毛をかぶせてうるうるとさせている。

――まずい。

ジェラルドは再び燃え上がりそうな自身の欲望を抑えようと、四人の姉の顔を思い浮かべる。

あっという間に平常心に戻れた。

「着替えていっしょに食事の間《ま》に行こう」

ジェラルドが彼女を抱き上げて頬に軽くくちづけると、ヴィヴィアンヌは寝ぼけ眼《まなこ》の睫毛を瞬《しばた》かせた。

「まあ……もうそんな時間？」

「ああ。ふたりきりで食事をとることもできるのだけれど、今それをすると家族の君への心証が悪くなってしまうから……いい？」

ヴィヴィアンヌが顔を上げて抱きついてくる。

「もちろんよ。ジェラルドが家族といつもどんな話をしているのか興味津々なの。好きな人のことって、なんでも知りたいでしょう？」

甘えるような上目遣いをして人差し指で腹筋をつつかれ、ジェラルドは密《ひそ》かに震える。

――なんなんだ、このかわいい小動物は！

ジェラルドは昨晩はぎ取ったネグリジェを手に取り、ヴィヴィアンヌにかぶせた。寝室を出れば侍従がわらわらといる。裸で出すわけにはいかない。

「陛下自ら着せてくださるのね」

ヴィヴィアンヌが茶目《ちゃめ》っ気《け》のある笑みを浮かべた。

〝男勝りで男嫌いのヴィヴィ〟のこんな愛らしい笑顔を見られるのは自分だけだという喜びにジェラルドは死にそうになる。

だが、死にそうなほどの幸せはいつだって死にそうなほどの不幸と背中合わせだ。

ジェラルドは彼女の首元の紐を結びながら「今みたいな笑顔をほかの男に向けてはいけないよ」と牽制《けんせい》することを忘れなかった。

ヴィヴィアンヌがさえずるように笑ったあと、こう問うてくる。

「ねえ。お妃教育をジェラルドがしてくれるんでしょう？　朝食のあと？」

「まさか。疲れただろう？　今日は自室でゆっくり休むがいいよ」

ジェラルドは彼女の身を思いやってそう言ったのに、ヴィヴィアンヌの顔が曇った。潤んだ瞳を向けられる。

「せっかく同じ建物にいるのに……離れ離れ？」

ぐわ～んとジェラルドの頭に衝撃が奔った。

――今、私は死んだ。

理性を喪《な》くしたジェラルドは「もう一回……いいな？　離れたくないんだろう？」と彼女をベッドに押し倒す。

「え？　そうじゃなくて、休まなくてもい……んっ」

ジェラルドは彼女の唇に襲いかかった。そうしながらもネグリジェの裾から手を忍び込ませる。

「……痛いからいやか？」

ヴィヴィアンヌが彼の首をかき抱いた。

「ううん……ジェラルドなら……痛くてもい……ふっ……んん」

いつもどんな予定でも時間きっかりに現れるのを信条としているジェラルドとしたことが、新婦が初めて家族といっしょにとる朝食の時間だというのに完全に遅刻だ。

王妃の居室に迎えにきて、回廊に出たときにはもう朝食のスタート時間を過ぎていた。

だが、新婦がかわいすぎるのだから仕方のないことだ。

遅れているというのに回廊でヴィヴィアンヌが腕に両手をからめ、幸せそうな笑顔を向けてくる。むしろ遅れてよかったというものだ。

侍従が食事の間《ま》の扉を開け、国王夫妻の訪れを告げる。母や姉たちから観察するような視線を一斉に向けられた。

なので、ジェラルドの唇はきゅっと不機嫌に結ばれる。条件反射のようなものだ。

「おはようございます」という言葉が自分だけではなく、同時にヴィヴィアンヌの口からも発せられた。

──私たちはなんて息が合っているのだろう。

ジェラルドはヴィヴィアンヌを、王妃が座る椅子に案内し、自身も隣の席に着いた。

リゼットが口を王太后の耳に寄せた。

「早々に孫の顔が見られそうですわね」という声が漏れ聞こえる。人に聞かれたくないなら、もっと小さい声で囁くべきで、これはヴィヴィアンヌの耳に入れたくてわざと大きめな声でしゃべっているのだ。

──プレッシャーを感じなければいいが……。

ジェラルドは心配になり、ヴィヴィアンヌを一瞥した。

ヴィヴィアンヌが上機嫌で温かいスープを運ぶ侍従を見つめている。

昨日の式でもこんなに美しい娘だったかと皆を驚かせたが、今、彼女の美貌は内から輝かんばかりだ。幸せそうに細まった瞳には長い黄金の睫毛が伸び、唇は弧を描いて全身から喜びが満ちあふれている。

──私が彼女の美しさを引き出した……。

そう思うと、快感にぶるりと胴震いしてしまう。ジェラルドはそれを抑えようと双眸を細めた。まるで罪人を尋問するような目つきになっているとも知らずに。

それを不機嫌ととらえたようで、ヴィヴィアンヌが不思議そうに小首を傾げた。

——なんというかわいい仕草！

「こんなに美味しそうな料理ばかりなのに、陛下、嫌いなものがおありなんですの」

「いや。いつもこんな顔だ」

——そんなに怖い顔をしているのだろうか。

「……昨晩は違いましたわ」

家族が一斉に注視してくるが、ヴィヴィアンヌは気づいていないので、ジェラルドも気にしないことにした。

「当たり前だろう？」

ヴィヴィアンヌがぽっと頬を赤らめた。昨晩の睦事でも思い出しているのだろうか。

「そ、そうですわよね」

——くっ、かわいい。口の端が上がっているじゃないか！　そんなによかったのか。家族がいなければテーブルに押し倒すところだ。いや、待てよ、これは実現化すべきではないか。どうにかしてふたりだけで食事する機会を作ってテーブルで……だが、ここは硬すぎる。気持ちよく思ってもらえないのではないか。そうだ！　私がベッド代わりになればいいのだ。自分の上でヴィヴィをうつ伏せにして……。

「どうなさったの？　また難しい顔をなさって」

ヴィヴィアンヌがきょとんとして大きな青い瞳で覗き込んでくる。

──よかった。いやらしい顔をしていなかったようだ。

「すまない。考えごとをしていた」

「さすがですわ。今日も執務がおありですし、いつも笑顔というわけにはいきませんわよね？」

「ん、まあ。そんなこともあるかもしれない」

ヴィヴィアンヌがうれしそうにフォークとナイフを構え、まずはうずらの卵にフォークを突き刺した。そういえば成長期の男子並みの食欲があると言っていた。

「執務ですって？　ジェラルド、今日ぐらいはふたりでゆっくりと過ごしたらいいではありませんか」

王太后が提案したのに、ジェラルドはヴィヴィアンヌに顔を向けた。ヴィヴィアンヌが小さく笑うと、やっと息子は母親に視線を戻す。

「いえ、私は仕事が溜《た》まっていますし、ヴィヴィアンヌは今日から早速お妃教育を受けたいとのことで、ふたりとも執務室で過ごす予定です」

「王妃が執務室で？」

仕事の場でいちゃつくつもりかと王太后は嫌悪感を持った。が、そんな気持ちを酌んでくれる唯一の娘、リゼットよりも先にオリアーヌが口を開いた。

「まあ、ヴィヴィアンヌったらおかわいそう。新婚早々執務室でお勉強なの？　無理して真面目な国王陛下に合わせることはないのよ？」

鳥の巣を模ったピンクの頭飾りを付け、普段より一層派手に装ったオリアーヌが同情するかのように眉をひそめた。

「まあ。オリアーヌお義姉様、ご心配くださってありがとうございます。ジェラルド様も今日はゆっくり休むようにおっしゃってくださったのですが、私、早く王妃にふさわしい人間になりたく思っておりますの。お仕事の邪魔にならないように執務室の隅で課題図書を読んでおりますわ」

完璧な回答にオリアーヌが白けていると、隣のパメラが身を乗り出す。

「課題図書ってまずは『ノディエ大年代記』かしら？」

「ええ。一度読んだことがあるのですが、暗記はしておりませんの。私、もともと歴史書が好きなので苦にはなりませんわ」

苦にならないどころか、久々に読み返すのが楽しみなぐらいだ。

「あら、私も結構読みますのよ。今度、お勧めの歴史書をお貸ししますわ」

「まあ、ありがとうございます」

その会話を聞いて、どうやらヴィヴィアンヌは本気で勉強するつもりらしいと、王太后は機嫌を直す。

朝食は和やかな歓談とともに終わった。

執務室は国王夫妻の居室と同様、装飾に黄金がふんだんに使用されており、あちらこちらに王家の象徴である黄金の鷲がモチーフとして飾られていた。中央の奥、窓際には大きな執務机が鎮座している。

ヴィヴィアンヌは執務室に入るなり、政務官や侍従に奇異の視線を向けられた。真面目な鉄面王が執務室に王妃を連れ込むなんて、という驚きと非難の色を感じる。

――私が離れたがらなかったせいで、迷惑をかけているんじゃないかしら？

ちらっとジェラルドを見上げると、安心しろと言わんばかりに頷かれた。

ヴィヴィアンヌは彼に手を引かれて執務机まで連れて行かれる。机を挟んでマレシャル侯爵が立っていた。ディアヌの義父だ。

「侯爵、余が結婚を急いだせいで妻のお妃教育はこれからだ。我が妃は公務の合間にこの部屋で勉強することとなる。幸い、ヴィヴィアンヌは語学が堪能で、歴史書もかなり読んできている。復習ていどで済むだろう」

「講師となる学者をこの部屋にお呼びになるのですか？」

マレシャル侯爵は機密が漏れることを心配していた。

「結婚したのだから余が教えればいいことだ。余の知識に不足があるか」

ジェラルドの歴史の知識は学者も舌を巻くほどだ。

「いえ。滅相もございません」

国王から全幅の信頼を受けて辣腕を振るっているという噂の侯爵が恭しく頭を下げた。

――ジェラルドに恥をかかせないように本気で頑張らないと……。

ヴィヴィアンヌがそんな決意をしたというのに、ジェラルドは黄金の椅子に腰を下ろし、彼女を膝に乗せた。

「陛下、ど、どうしてここなのです？　私、どこか隅にでも机を置いてもらえればそこでよろしゅうございます」

臣下の手前、ヴィヴィアンヌは丁寧な言葉遣いを心掛けた。

「余の膝に不満があるか？」

「い、いえ……ですが、お仕事の邪魔をするのは本望ではありませんわ」

ジェラルドが半眼になった。

「君のような賢明な王妃を娶って余は幸せ者だよ」

褒め言葉だが、ヴィヴィアンヌには不服そうに聞こえた。ジェラルドは皆の前でも甘えてほしかったのだろうか。

ジェラルドが傍《かたわ》らにいる侍従に視線を向けると、彼がおずおずと近寄ってきた。

「ロジェ、座り心地のいい長椅子と少し大きめの机を用意してあそこに置いてくれ」

彼が指差したところが執務室の隅だったので、ヴィヴィアンヌはほっとする。

「王妃が使うのだから、それなりのものを頼んだぞ」

「はっ」

侍従が頭を下げて去ると、ジェラルドが顔を寄せて皆に聞こえないような小さな声でこう告げてくる。

「あそこなら、いつだって君が見える」

ヴィヴィアンヌは急に顔に熱を感じて両頬を両手で押さえた。

「わ……私もジェラルドを見られてうれしいわ……」

いつもは国王の厳しい言葉が飛ぶ執務室が、急に艶《なま》めかしい匂いにむせ返る。


結局、ヴィヴィアンヌはジェラルドの顔がよく見える、執務室の一角に机と椅子をあてがわれ、そこで時々夫を盗み見た。

臣下の報告に耳を傾けるジェラルド、的確な指示を下すジェラルド、報告を受けて少し悩ましげなジェラルド、そんな見たことのないジェラルドを堪能しつつ、ヴィヴィアンヌは歴史書を読み込むのも怠らない。

なんといっても歴史書に記された国王たちはジェラルドの先祖なのだ。そう思って読むと、一度読んだことのある歴史書も違う意味を持ち始める。

「すごい集中力だな」

頭上から彼の威厳のある声が降ってきてヴィヴィアンヌが顔を上げると、ジェラルドが目の前に立っていて、侍従がヴィヴィアンヌの机にパンやお菓子、ティーを置いている。

この国は朝夕の食事がメインで、昼は軽くしかとらない。

ジェラルドが、ヴィヴィアンヌの横に腰を下ろした。長椅子を置くよう指示したのは、彼自身が隣に座ることを想定していたからだろう。

彼がティーカップの小さなハンドルに大きな指を入れたものだから、ヴィヴィアンヌはおかしくなって、小さく笑った。

「いつもここで食事をおひとりで？」

「執務机で書類を読みながらパンやチーズをつまんでいる。今日はお妃教育をしがてら、いっしょに食べよう。この本を読んでいて感想や疑問点があれば教えてくれ」

ヴィヴィアンヌは片手で本の頁《ページ》をぺらぺらとめくる。

「いろいろあるわ。私は幸い、生まれてこの方一度も戦争を体験したことがないけれど、古来、戦争はいつもどこかで起こっているわ」

「我が国はここ二十五年、小さな紛争こそあれど、大きな戦いもなくやってこられた。これはなかなかないことだ」

「もっと驚いたのは戦争が起きるきっかけに、誤解や好き嫌い、果ては当人たちもなぜ戦争になったかがわかっていないことがあることよ」

ジェラルドが感心したような視線を送ってくるものだから、ヴィヴィアンヌは恥ずかしくなって本に目を落とした。

「そうだ。よく気づいたな。自分の国や民にとって有益かどうかではなく、国王がいっときの感情で動いたせいで生じる悲劇がままある。歴史を学ぶとその末路がどうなるかわかるだろう？　だから私はとことん歴史を勉強したんだ」

その真摯な眼差しに、ヴィヴィアンヌは心臓を撃ち抜かれそうになる。

「まあ！　我が国はこんな立派な国王様がいらして幸せだわ」

「私はまだ若輩だ。セゼール二世のようになりたいと思っている。セゼール二世が在位の間、民は平和を享受し、生活水準が上がり、文化が花開いた」

「セゼール二世についてもっと知りたいわ」

「晩餐《ばんさん》のあと図書室を案内するよ」

ヴィヴィアンヌはジェラルドの大きな手で頭を優しくぽんぽんとされて幸せな気持ちになる。

軽い食事をとりながら歴史談議に花を咲かせていると、前室のほうから侍従の声掛けがあった。

「オザンファン近衛連隊長がいらっしゃいました」

――マチューって近衛連隊長だったの？

ジェラルドに手を取られる。

「ずっと座りっぱなしも疲れるだろう？　森で乗馬でもどうだ？」

「まあ、素敵！　思いっきり駆けたいわ」

と、そのとき執務室にマチューが現れた。相変わらず文官のような格好をしている。だから

ヴィヴィアンヌは彼が近衛連隊長だなんて思ってもいなかったのだ。

「陛下、鍛錬のお時間です。王妃陛下の馬の準備もできております」

ジェラルドが連れて行ってくれた森は丘になっていて、馬で駆けがいがありそうだった。

だが、ヴィヴィアンヌは駆けるどころか、馬上でおとなしく横乗りになっていた。しかもその手綱を握るのは彼女ではなく、背後で跨るジェラルドだ。

こうなったのには訳がある。

馬場で、ヴィヴィアンヌがいつも通り、脚を左右に広げて馬に跨ろうとしたところ、破瓜の痛みが奔《はし》り、ずり落ちた。

すると、ジェラルドが馬丁に、彼の馬の鞍を横乗り用に替えるよう命じる。

ヴィヴィアンヌが不思議に思っていると、ジェラルドに抱き上げられ、付け替えた鞍に横乗

りで下ろされた。

「今日はこのほうがいいだろう？」

ジェラルドがヴィヴィアンヌの痛みを察してくれたのだ。

ヴィヴィアンヌは自分で馬を思いっきり駆ることはできなかったが、ところどころ紅葉し始めている森の風景は美しく、愛する夫の大きな体に包まれて馬上で揺られていると、じんわりと幸せな気持ちが広がっていく。

丘を登ると、そこには先客がいた。辺境伯のノルベールである。

彼は従者数名とともに馬に跨り、眼下に広がる王宮を眺めていた。国王夫妻を認めると破顔する。眼差しはやわらかく、天使のような笑顔だ。

だが、さっきまで上機嫌だったジェラルドの双眸が不愉快そうに細まった。

「ノルベール、もう帰ったんじゃなかったのか」

ノルベールがおどけたように肩をすくめた。こんな動作も優雅に見える。

「王都に来る機会など滅多にありませんからね。あちこち物見遊山してから帰りますよ」

「その間《かん》、国境防衛が手薄にならないことを祈っているよ」

「ジェラルド様が派遣してくださった優秀な中将がおりますから、私がいてもいなくても変わらないことはご存知でいらっしゃいますでしょう？」

ノルベールが視線をヴィヴィアンヌに移して、口元をほころばせた。

ヴィヴィアンヌは一瞬どきっとしてしまう。ノルベールには女性のような優美さがある。

「ジェラルド様が夢中になるのも納得のお美しさですね」

「え、そんな……いやですわ。夢中だなんて、ねえ？」

美しい男性に美しいと言われ、ヴィヴィアンヌが顔を熱くして見上げると、ジェラルドがますます不機嫌になっていた。彼女には夫の眉毛の微妙な変化も読み取れる。

ジェラルドが屈み、背後から小声で耳打ちされた。

「ヴィヴィは年下の淑女たちをかわいがっていたが、ああいう中性的な男が好みなのか？」

ヴィヴィアンヌは瞠目する。

「え？　もしかしてジェラルド……嫉妬……してくれてるの？」

——さすがに私も結婚して、こういう男女の機微がわかるようになってきたわ。

「え、あ、まあ」

ジェラルドは面食らい、こう曖昧に答えるしかなかった。ヴィヴィアンヌの浮気心を責めるつもりで掲げた剣はあえなく地面に落ちる。

そんな彼の心の動きなど知ることもなく、ヴィヴィアンヌは喜びでいっぱいだった。

——ジェラルドはノルベールのことを、今はなんとも思ってないんだわ！

「両陛下、私がここにいるのを忘れていらっしゃいませんか」

ノルベールが呆れたように半眼になっていた。黄金の睫毛が前にぴょんぴょんと伸びている。

「ああ。新婚なものでな」

「ジェラルド様がこんなに変わるなんて、ヴィヴィアンヌ様、かなりの剛腕でいらっしゃいますね？」

ノルベールがじっとヴィヴィアンヌを見つめると、ジェラルドがいきり立った。

「こら、見ると減るから、さっさと帰れ！」

「では、邪魔者は失礼いたしますよ」

ノルベールはつば広帽を少し掲げる優雅な挨拶をしてから、丘の斜面を下っていった。


鍛錬の時間が終わると、ジェラルドは再び執務に戻り、ヴィヴィアンヌは本に目を落とした。

「ヴィヴィアンヌ」

ジェラルドに呼ばれてヴィヴィアンヌが顔を上げると、彼と、その背後にはマチューと軍服を着たふたりの男が立っていた。

「しばらくの間だけ隣の部屋で勉強していてくれ」

ヴィヴィアンヌがジェラルドに手を引かれて足を踏み入れた隣室は長椅子や低いテーブルがある、仕事の合間に国王が疲れを癒《いや》す部屋のようだった。誰もいない。

「軍事的な話をする間だけ、ここで過ごしてくれないか」

ジェラルドが背を屈めて頬に軽くキスをくれた。

「ええ。もちろんよ」

平和が続いているとはいえ、王妃にも聞かせられないことがあるようだ。

「じゃ」と、ジェラルドが国王自ら扉を閉めて去っていった。

ヴィヴィアンヌはしんとした部屋に取り残される。

端には小さなベッドがあった。天蓋がなく、長椅子を大きくしたようなベッドだ。とはいえ王宮にしては小さいだけで、大柄なジェラルドでさえも寝るのに問題ない大きさだ。

ジェラルドは疲れたときにここで仮眠をとったりするのだろうか。

ヴィヴィアンヌはベッドで仰向けになって、ジェラルドが目にしたであろう光景を見た。天井には、飛び立つ鷲を見つめる初代国王の姿が描かれている。きっと有名な絵師が描いた大作だろう。

――実家の天井とはえらい違いね。

ヴィヴィアンヌは自分がここにいることを不思議に思いながら、うつ伏せになって本を広げた。

歴史もまた不思議だ。ここでこの国と戦争をしてもなんの得にもならないとわかっていても国王が戦いを決断することがある。

――ジェラルドはきっとそんなことをしないわ。

隣の執務室では、男四人で打合せ用のテーブルを囲み、ジェラルドは参謀長からの報告を受けていた。

「デルボネル辺境伯は結婚式のあと、聖法庁の司祭の客室を訪問していました」

「もちろん話の内容は調べ済みだろうな？」

これに対してマチューが答える。

「はい。私の部下が侍従に身をやつしておりますから。その者の報告によると、多額の寄付をするので証書を発行してほしいとのことでした。どんな内容の証書なのかは、その場では言わなかったので確認できておりません」

「多額の寄付……また軍事費を余計なことに突っ込む気か。ノルベールに代替わりしてからというもの、我が国の国境防衛は弱体化するばかりだ。周辺国に気づかれるのも時間の問題だろう？」

「今のところ、送り込んだルフォール中将が軍事予算の少ない中、見かけだけでも強い軍隊を装っているのでなんとかなっておりますが、露見するのは時間の問題と思われます」

「この春には決着をつけよう。はとこだからといって私は容赦しない」

「さすが陛下！　我々は引き続き辺境伯の動向を追っていく所存です」

「頼んだぞ」

辺境伯が美形なものだから、姉たちは国王とあらぬ関係であるという噂を立てて楽しんでいるが、実際のところ、ジェラルドはノルベールと一触即発の状態であった。

ノルベールはちやほやされて育ち、辺境伯が本来与えられている使命を放棄している。

彼の祖父は、三代前の国王から国境の防衛を強化するために辺境伯領を与えられた。だが、ノルベールは自身を着飾るために軍事費にも手をつける有様だ。


「ヴィヴィ、ヴィヴィ」

ジェラルドの声でヴィヴィアンヌは目を覚ました。

――あら、ここ、どこかしら？

寝起きの気怠《けだる》さを押して起き上がると、ヴィヴィアンヌは仮眠用のベッドの上だった。本を開けたまま眠ってしまったようだ。ジェラルドがベッドに腰かけていた。

「今日の仕事は終わったよ。着替えてから晩餐をとろうか」

窓の向こうを見ると夕暮れで、空はオレンジ色から紺色へのグラデーションを描いていた。

「あら、結構長く眠ってしまっていたのね」

ヴィヴィアンヌは肩をぐいっと抱き寄せられる。

「やっぱり疲れていたんだよ」

ジェラルドが体を傾けて唇を重ねてきた。それだけで終わらず、舌で彼女の唇をこじ開ける。

「……ん」

ぴちゃぴちゃとふたりの唾液が混じり合う音がして、ヴィヴィアンヌは早くも官能の波に流されそうになるが、彼の大きな手で胸を覆われて、急に我に返った。

「だめよ。こんなところで」

「どうして？」

額をくっつけ、甘えたような瞳を間近で向けられる。このまま全てを彼に捧げたい衝動に駆られるが、ヴィヴィアンヌはすんでのところで突っぱねることができた。

――そこ、綿が詰まってるから！

もうばれている秘密とはいえ、恥ずかしくてそんな本音は言えない。

「どうして？　執務室も人払いしたよ？」

――準備よすぎよ～！

「だって、こんなところで子作りしているなんて知られたら、ジェラルドの威厳が……」

「そんなことで崩れるような仕事はしていないさ」

「で、でもこのあとお義母《かあ》様たちとの食事があるでしょう？」

「晩餐の前に着替えるしきたりだ。ちょうどいい」

偽胸をぎゅっと掴まれる。

――終わった……。

「ジェラルド……それ、綿……」

「なあ、別に大きく見せる必要はないだろう?」

「ここがぺたんこだとドレスの着こなしがさまにならないから、大きくなるまででいいから綿を詰めるよう母に言われて……結局大きくならなかったの……」

――いえ。まだ嘘を本当にすることができるわ。

ヴィヴィアンヌは昨晩ジェラルドが告げた『……もっと大きくしてやろうじゃないか』という言葉を思い出す。

ヴィヴィアンヌは身を乗り出してジェラルドの上腕を掴んだ。

「でも……ジェラルドが胸、本当におっきくしてくれるんでしょう?」

そのとき、彼の喉仏が上下に動いたのがヴィヴィアンヌにもわかった。

「ああ、もちろんだ」

次の瞬間、ジェラルドががばっと覆いかぶさってきて、ヴィヴィアンヌは後ろに倒れる。

「ジェ、ジェラルド?」

紳士的だった昨晩とは打って変わった勢いに驚いて、ヴィヴィアンヌは顔だけ上げた。

ジェラルドが襟ぐりを歯で噛んで下げる。

「あっ……駄目、綿……」

乳房が露わになると同時に下乳部分に詰めていた綿袋が飛び出す。

――綿はこっそり自分で取り除きたかったのに～！

「ああ。袋に詰めているのか」

ジェラルドは綿袋になど興味がないと言わんばかりに唇に挟んで脇に放《ほう》り、乳房に食らいついた。

銀糸の刺繍が入った黒の上衣をきっちりと羽織って国王然としているジェラルドに、ちゅくちゅくと乳頭を舐《ねぶ》られるのは、裸のときよりも淫らに感じられた。

ヴィヴィアンヌは早くも顎を上げて「はぁ……ふぁ……！」と、甘い吐息を漏らし、彼の頭をくしゃくしゃとしてしまう。

もう片方の胸は手で襟ぐりを下げられる。ジェラルドは指先で綿袋を撥《は》ねのけると、胸の輪郭を掬い上げるようにして乳房を盛り上げ、唇をこちらに移して、ちゅうっと吸い上げた。

「あ……そんな……あぁ……」

これをされるとヴィヴィアンヌは、ぞくぞくするような痺れるような、そんな究極の感覚に全身を侵食されていくのだ。

「ヴィヴィ……」

甘く名を呼ばれ、ヴィヴィアンヌは顔を傾けてジェラルドに視線を向ける。

彼女を見上げるジェラルドの緑の瞳が夕陽《ゆうひ》の橙《だいだい》を映して蠱惑的《こわくてき》にきらめいていた。

──なんて美しいの。

ヴィヴィアンヌはその瞳に釘付《くぎづ》けになり、うっとりと目を細める。

「……あっ！」

そのとき彼の手がスカートの中に入り込み、彼女の太ももを伝いのぼってきた。スカート状の下穿《したば》きの中に隠された蜜唇はもう甘露にまみれている。

ジェラルドは長い指を迷いなく彼女の芯にちゅぷんと差し込んだ。浅く出し入れしながら、淡い茂みの中でつんと尖った蜜芽を親指でぐりぐりと撫でる。

胸だけでなく下肢まで愛撫され、過度な快感に襲われたヴィヴィアンヌはシーツを掴んで腰をくねらせる。嬌声が口を衝《つ》く。

「我が花嫁はどこもかしこも敏感だ」

彼が褒美を与えるかのように額にくちづけてきたかと思うと、自身のトラウザーズの前立てを寛《くつろ》がせ、スカートをまくり上げた。

性急さにヴィヴィアンヌが戸惑っている隙に、彼が両膝を使って彼女の脚を左右に広げてくる。スカートも下穿きもめくられ、濡れた秘所が外気に当たってひんやりとしたところで、彼の熱い切っ先が押しつけられた。

「ふ……ふぁ！」

彼女の両脇に手を突いたジェラルドがしなやかに背を反らせて欲望をぶつけてくる。

「あ、あぁ、熱い、熱いわ……ジェラルド！」

「痛むのか」

心配そうな声に、ヴィヴィアンヌはぶんぶんと頭《かぶり》を振った。

「違っ……体中が熱い……燃え上がるよう……！」

「……ヴィヴィの中、すごい……」

ジェラルドがもっと彼女の奥まで埋め尽くしたいとばかりに背筋を伸ばして、ぐっぐっと強く腰を押しつけてくる。そのたびにヴィヴィアンヌの全身が後退する。それを止めようとしてか、ジェラルドは細腰を大きな手でしっかりと掴んだ。

ヴィヴィアンヌは隘路を押し開かれ、彼の形に変えられた悦びにもがき啼いた。快感があまりに過ぎると涙がにじむことを知る。

「ふぁ……ジェ……ド……ぁあ……もう、私……」

「……わかっている」

彼が挿入したまま彼女の体を横向かせる。さっきと違う角度で突かれ、ヴィヴィアンヌはいよいよ高みへと昇り始めた。

「そうだ、いい娘《こ》だ……私の……ヴィヴィ……」

ジェラルドは呻くようにそうつぶやき、斜め後ろから彼女を何度も突き上げる。ふたつの乳房を片手でまとめて覆い、その尖端を手のひらで平等に撫でてやった。

「ん……くぅ……」

「あ、そんなに締め……そうだ、達《い》きたいんだろう……ともに達《い》こう」

彼の昂《たかぶ》りが中でぶるりと震えて吐精するとほぼ同時に、ヴィヴィアンヌの体が弛緩《しかん》する。

ジェラルドの頬を伝った汗がひと滴《しずく》、彼女の乳房にぽとりと落ちた。


ベッドではひたすら甘いジェラルドだが、晩餐となると急にむっつりと押し黙ってしまった。

——そういえば朝もそうだったわ。

ヴィヴィアンヌは不思議に思い、隣のジェラルドに問う。

「こんなに美味《おい》しいのに、どうしてつまらなそうに召し上がるのですか？　焼き魚に爽やかなハーブの香りがとても合っているとか、この七面鳥の焼き具合は外側がさくっとして中がジューシーでたまらないとか、そういうことは思いませんの？」

母親と三姉妹が固唾を呑んで見守っていると、ジェラルドがしれっと「君が隣にいるから美味しいよ」と返すではないか。

四人ともフォークを持つ手を止めてジェラルドを凝視する。誰かほかの男と入れ替わったとしか思えなかった。

「ま、まあ。いやですわ。お義母様とお義姉様方がいらっしゃる前で、そんな……」

そこで王太后が背筋を正して威厳を持って小さくほほ笑んだ。母親として締めるところは締めないといけない。

「いいえ。新婚なのですから、このくらいがよろしくてよ。ヴィヴィアンヌは食欲旺盛だから、見ている私たちもいつもより美味しく感じられるわ。たくさん食べて元気なお子を産んでね」

「そうそう。来年の夏には」

リゼットがすかさず加勢した。

そんなプレッシャーをかける母と姉を不快に思うジェラルドの眉間にしわが刻まれたというのに、ヴィヴィアンヌは咀嚼《そしゃく》していたうずらの卵を飲み込んで破顔した。

「ええ！　ジェラルド様のお子はとってもかわいいでしょうね！」

「そ、そうね……でしょうね。ジェラルドは小さいころ……とてもかわいかったから」

王太后がヴィヴィアンヌの率直さに中《あ》てられていると、ヴィヴィアンヌはジェラルドを眺め、うっとりと目を細めた。

「今はとってもかっこよくていらっしゃるのに……」

今度はジェラルドが噎《む》せそうになっている。

ヴィヴィアンヌは王太后に視線を戻した。

「ジェラルド様の幼いころの肖像画、見せていただけます？」

「え、ええ。もちろん」

三姉妹はヴィヴィアンヌに毒気を抜かれたのか、今宵ばかりは張り合うのをやめた。

ヴィヴィアンヌは食卓に爽やかな風を起こすどころか、雰囲気自体をがらりと変えてしまったのだった。

食事が終わるとヴィヴィアンヌはそのまま図書室に連れて行かれる。

ジェラルドは普段は軍服は着ないようで、一日中、首元にクラヴァットを巻き、丈長の上衣を羽織った文官のようないでたちだ。

図書室は白を基調とした半円の大広間のような部屋で、壁側が全て書棚になっており、高い天井までびっしりと本で埋まっていた。最上階なので天井のところどころにアーチ状の窓があり、そこから空が見える。書棚の間には優雅な曲線を描いた階段が伸びていた。

「まあ、なんて美しい！　しかも本がたくさんあるわ！」

ジェラルドが棚から一冊の分厚い本を取り出してヴィヴィアンヌに手渡す。

「今日はまず、セゼール二世の本。もっと詳しく知りたい年代や国が出てきたら、ここで探したらいい」

「はい」

ジェラルドも本を選び、ふたりは中央にある絹製のソファーへと移る。座面も背面もふわふわしていて寛いで読めるようになっていた。

「今日この時間に来たかったのは別の理由があるんだ」

ジェラルドが手を掲げ、指差したのはアーチ状の高窓だった。

「ほら、満月」

窓の向こうに広がる暗闇の中、月が静謐《せいひつ》な輝きを見せる。黄金に縁取られた窓なので、まるで額装された絵画のようだ。

「ねえ、前からおかしいと思っていたのだけれど、満月を掴もうとするようなお馬鹿のどこがよかったの？」

ジェラルドが質問に答えず、彼女の髪をまとめ上げている装飾紐を引き抜く。髪の毛がはらりと垂れた。彼が毛束を手に取り、金髪に接吻する。

「馬鹿じゃないさ。月明かりに黄金の髪が輝いていて……月の精かと思った」

ヴィヴィアンヌは思わず噴き出しそうになる。

「も、もう、それやめてよ」

「そうだ。今は私の妻だ。月に帰られたら困る。月は手に入らなくても、月みたいに素敵なものを、君となら手に入れられるような気がしたんだ」

ジェラルドが上体を彼女に向けたまま、高窓のほうに目を転じた。ヴィヴィアンヌの瞳は自然と彼の視線の先を追う。

「右手を伸ばして、月を掴んでみて」

そう言われ、ヴィヴィアンヌは月が見える窓に手を伸ばし、人差し指と親指で半円を描いた。

ジェラルドが左手を伸ばして半円を作る。ふたりの指先と指先がくっついて円になった。

ジェラルドの手が彼女よりずっと大きいのでいびつな楕円《だえん》だが、その中に月が収まる。

「ほら、ふたりなら捕まえられた」

ジェラルドがヴィヴィアンヌにほほ笑みかける。

――あのときは、ただひたすら怖かったけど……。

今はこんなに優しい瞳を向けてくれる。

「私、あの木に登ってよかったわ」

「私もバルコニーに出てよかったよ」

ヴィヴィアンヌの頬が大きな手で覆われ、唇に熱が触れた。

「私の月の乙女」

何度も唇を啄んだあと、耳朶《じだ》を口に含まれる。

「だ、だめよ、ここは」

「どうして？」

ジェラルドが唇を離し、不服そうにしている。

「ジェラルドだって、もし図書室でほかの人がこんなことをしていたら、いい気がしないでしょう？」

「それは、だってこの宮殿は私のものだから」

ジェラルドが彼女の金髪に指を差し入れて梳き始める。

「でも皆が暮らし、働くところだわ」

「……執務室はよかったのに？」

髪に頬を寄せられた。耳元で響く彼の低音に、ヴィヴィアンヌは密かに震える。

「あ、あの部屋はジェラルドしか使わないでしょう？」

ジェラルドが頬を離して背筋を伸ばす。

「うん、まあ……そういうところも君のいいところだ。寝室ならいいんだろう？」

「ええ。そのほうがいいわ」

「もう遅い。私の居室へ戻ろう」

ジェラルドがヴィヴィアンヌの手を取り、ゆっくりと立ち上がった。

甘い時間の予感に、ヴィヴィアンヌは顔が火照《ほて》っていくのが自分でもわかる。見上げると視線がからみ合った。彼の瞳が熱を持っていて、ヴィヴィアンヌは期待に胸をときめかせる。

「……また、おっきくしてね」

ジェラルドが首肯《しゅこう》してくれるものと思っていたが、彼はカッと目を見開いて口を左右に引き結んだ。

——何かまずいこと、言ったかしら。

ヴィヴィアンヌは不安になり、黙り込んだジェラルドをじっと見つめる。侍女でもあるまいし、国王にマッサージを頼むなんて厚かましすぎたのだろうか。

ジェラルドが憮然と双眸を細め、呻くようにこうつぶやいた。

「寝室が……遠い」

「え？　すぐ下の階でしょう？」

「……ものすごく遠い……急ぐぞ」

ヴィヴィアンヌは宙に浮いたかと思うと、彼の肩に担がれた。

「え？　ええ？」

「私は歩くのが速いんだ」

「ゆっくり行きましょうよ」

「無理だ」

回廊で衛兵や使用人とすれ違うたびにぎょっとした顔をされる。それもそのはず、国王がすごい気迫で早歩きし、肩に乗せられた王妃の金髪が宙で渦巻いているのだ。

国王の寝室の扉が侍従によって開かれ、ふたりきりになるとすぐにヴィヴィアンヌは床に下ろされ、背後から抱きしめられる。

ジェラルドに顎を捕られて顔を振り向かされた。顔を横に向けた状態で、彼の大きな唇に覆われたかと思うと、性急に舌が割り入ってくる。口の端から唾液が垂れて顎に伝った。どちらの口から出てきたものかは、もうわからない。

ヴィヴィアンヌは口内を舌で舐《な》め回され、腹を彼の大きな手で覆われ、早くも下肢がむずむずとしてくる。

足腰に力が入らなくなってきているのを察したのか、ジェラルドが唇を離す。それなのにヴィヴィアンヌの口はキスを乞うかのように開いたままだった。

「大きくしてほしいんだろう?」

頭頂に唇を寄せたジェラルドに腰を引き寄せられる。臀部に硬いものが当たる。彼の性はすでに欲望で漲《みなぎ》っていた。昨晩はこれを怖《おそ》れたヴィヴィアンヌだが、今はうれしく感じられる。

――私を欲しがってくれているのね。

などという甘い感情はすぐに吹っ飛んでいった。

ビリビリとドレスの胸もとを左右に引き裂かれ、上体をむき出しにされたのだ。詰めた綿袋が飛び出して床に転がっていく。

「きゃっ!　ドレス……と綿」

「何着でも作ったらいい」

背後からむき出しの乳房を掴まれ、ヴィヴィアンヌは「ふぁっ」と口を開けて首を傾げる。立ったままなので仰向けのときより胸があり、ジェラルドがふくらみを掬い上げるように揉んでくれた。確かにこれなら大きくなりそうだ。

「あっあっありが……と……」

ふっと、うなじに息がかかる。笑われたようだ。

「感謝するのはこちらのほうさ」

ジェラルドが揉みながら、その頂の突起をぐりぐりとしてくるものだから、ヴィヴィアンヌは立っていられなくなり、すぐそばにあったベッドの端に両手を突いた。上体が倒れて胸のふくらみが増す。

すると、ジェラルドが揉むのをやめて、両方の乳首をつまんで引っ張ってくる。

荒々しい行為なのに、これが存外に気持ちよく、ヴィヴィアンヌは下に引かれるたびに「あっ、あっ」と小さく叫んでしまう。

「ヴィヴィ、君は最高だよ」

ジェラルドは露わになった白い背にキスの嵐を浴びせながら、片手でスカートをまくり上げた。そこにはスカート状の下穿きがあるだけだ。

彼は自身のトラウザーズの前立てを寛がせ、薄布越しに彼女の双丘の谷間に彼の竿を密着させた。

「ふぁぁ」

反り返った雄が彼女の秘所を圧する。その瞬間、ヴィヴィアンヌは自分でも、じゅんと蜜を滴らせ、蜜口が物欲しそうにひくついているのがわかった。

ジェラルドが左手の指を大きく広げ左右の乳房の先端を同時にかわいがる。そうしながらも右手を胸から下腹へと撫でるようにずらしていき、下生えにたどり着くと、芽吹いた陰核を中指で前後に揺すってきた。

ヴィヴィアンヌは、はあ、はあと肩で息をしながら、蜜源に彼の弾力ある漲《みなぎ》りを感じていた。下肢が燃えるようだ。それを鎮火《ちんか》するように、滴る蜜が太ももを伝っていく。

「こんなに欲しがって……」

彼の声は喜びを孕んでいた。

「ん……だって、気持ちいぃ」

「……私もだ。あとでまた大きくしてやるからな」

彼がそう言って胸から手を離し、下穿きをめくり上げてすぐに切っ先を押し込んでくる。

「あっ……」

ヴィヴィアンヌは蜜道をびくびくとさせて無意識にさらに奥へと誘《いざな》ってしまう。

ベッドに置かれた彼女の小さな手の横に、どっしりと大きな手が置かれ、折り重なるように彼の上体が彼女の背に密着していた。

「んあっ！」

ヴィヴィアンヌは驚いて顔を上げた。ジェラルドが彼女の股ぐらを掴んで固定し、後ろから熱杭で奥まで穿ったのだ。抽挿が始まると、ちょうど蜜芽の上にある中指が擦れる。下向きになり質量を増したふたつの乳房がわずかに揺れる。

「ふぁ……はぁ……ジェラ……ド……ぁ、そんな……！」

嬌声が口からあふれ出し、ヴィヴィアンヌは腰をぶつけられるたびに押し寄せる快楽の波に溺れそうになっていた。

だんだんと手で体を支えられなくなり、ヴィヴィアンヌは前のめりにがくんと崩れる。なんとか前腕で持ちこたえるが、尻を突き上げるような体勢になったため、太ももの付け根から彼の手が外れた。

「……美しい曲線だ」

ジェラルドは繋がったまま上体を起こして尻を撫で上げ、腰まで来ると手を止めた。細腰を掴むと、ぎりぎりまで彼の剛直を引き出したかと思うと勢いよく子宮口までずんっと突いた。

「あぁ！」とヴィヴィアンヌは小さく叫び、両手を投げ出す。頬をシーツに着ける。

そのままジェラルドが動きを止めた。なので、彼を根元まで咥えこんだ媚壁がぎゅっ、ぎゅっと彼自身を締めつけているのがヴィヴィアンヌにもわかる。

「く……」

ジェラルドが声を漏らした。滅多にないことだ。彼に悦ばれ、ヴィヴィアンヌはますます昂《たかぶ》ってしまう。しかも彼が小さく揺さぶってきた。

「ふぁ……あ……あぁ」

ヴィヴィアンヌはもう消え入りそうな声しか発せなくなっている。

「そろそろだな？　君をまた連れて行くよ」

――連れて行って、ジェラルド、どこまでも、ずっと――。

そう言いたかったが、ヴィヴィアンヌは「んっ」という返事なのか喘ぎ声なのか判別のつかない音を漏らすことしかできなかった。

ジェラルドが臀部に腰をぶつけるたびにシーツに頬を撫でられる。口内から零れた滴《したた》りでシーツが濡れる。彼女の中で彼の雄が嵩《かさ》を増す。

さざ波のようだった快感がとぐろを巻いて脳天へと駆け抜けていったそのとき、彼の欲望がはじけたのをヴィヴィアンヌは初めて感じ取り、ふたりはともに高みへと昇った。


明るい光を感じてヴィヴィアンヌが薄目を開けると、目の前にジェラルドの緑眼がきらきらと輝いていた。

――いつから私を見ていたの？

「おはよう」と、彼の形のいい唇が小さく動く。

「お、おはようございます」

「ずっとこうしていたいけれど、昨日、朝食に遅れたから今日はもう支度をしよう」

ジェラルドが顔を近づけてきた。そっと唇が重なるだけの接吻。少女のときに憧れたキスそのもので、これはこれで彼女の胸はときめく。

起き上がると、ヴィヴィアンヌはいつの間にかネグリジェ姿になっていた。おかげでぐっすり眠れたのだろう。

こんな侍女のようなことをしてくれる国王がいるなんて信じられない。

ジェラルドがヴィヴィアンヌにガウンを掛け、お腹で紐を結んでくれる。侍従に薄布一枚のヴィヴィアンヌを見せたくないそうだ。

彼に手を引かれて隣室に出て、王妃の居室へと続く扉の前で別れる。着替え終わったらすぐに会えるというのに、彼の瞳は切なさを湛えていた。

後ろ髪を引かれる思いで、ヴィヴィアンヌは自身の居室に足を踏み入れる。窓外に目をやると、葉を赤く染めた木々から、色彩豊かな鳥が美しい羽を誇示するかのように飛び立った。同時に紅葉《こうよう》がはらはらと落ちる。

――なんて……美しいの……。

夫に深く愛されてからというもの、世界ががらりと変わった。何もかもが輝いている。今の彼女には冬の気配さえもきらめいて見えた。

第五章　王妃様は心配性

ジェラルドが恐れられていたのは何も『鉄面』のせいだけではない。

彼が美形の独身国王なのに女遊びをしないどころか、国民の生活向上と軍隊の精鋭化、外貨獲得に邁進《まいしん》し、臣下にも厳正であることを求めていたからだ。

国王は感情を露わにすべきではないという帝王学の教えを受けて常に無情表。凛々しい双眸は眼光鋭く、後ろ暗いところを持つ者は震え上がった。

姉たちに笑うと怖いと言われるものだから、ジェラルドは記念日にバルコニーやパレードで顔を晒すときでさえもにこりともしない。国民を怯《おび》えさせないようにとの配慮が仇《あだ》になる。喜ぶのは若い女性だけで、男たちはその強面《こわもて》に恐怖心を煽られた。

その彼が結婚するとがらりと変わった。

結婚のパレードでも相変わらず口は引き結ばれていたが、瞳は慈愛に満ちていた。

執務室に妻が常駐しているものだから、彼は怒らなくなった。

代わりに、愚かな過ちをした臣下には冷静に諭《さと》すようになる。そのほうが叱責《しっせき》するより臣下の更生に効果があることに彼が気づくのに時間はかからなかった。

いつしかジェラルドは『愛妻王』と呼ばれるようになっていた。

恋にはまるあまり政務をおろそかにするのではないかと、彼の支持者の中には心配する者もいたが、彼が執務室に連れ込んだ妻にすることといったら、自国の歴史や各国の王族に関する知識を叩《たた》き込むことだった。

王妃は彼の期待に見事に応え、知識を貪欲に取り込み、その成果は外国大使との接見の場で活《い》かされることとなる。

ヴィヴィアンヌがお転婆すぎて王妃に向かないと言われていたことなどすぐに忘れ去られた。


「ねえ。私、久々に刺繍をしたいと思っているの」

実家から連れてきた侍女四人のうちのひとりであるシャンタルに、ヴィヴィアンヌがそう告げると、シャンタルは顎が外れそうなぐらい驚いていた。

「え？　ヴィヴィアンヌ様が？　何のためにですか⁉」

「ジェラルドは四月十日に二十五歳になるんですって。プレゼントをあげたいのだけれど、買うと結局、税金を使うことになるじゃない？　だから、作るしかないかなって」

長椅子に座り、いつもよりさらに眉をきりっと上げているヴィヴィアンヌを、シャンタルが怪訝そうに覗き込む。

「それはそれは王妃様として思慮深いお考えで、国王様はさぞやお喜びになるでしょう。……ただし、その刺繍を目にされるまでは！」

シャンタルはヴィヴィアンヌが小さいころから面倒を見てきたので、こんなふうに本音で接してくれるのだ。

「本当に、私、刺繍にもっと身を入れるべきだったわ。でもね、私の夫は芸術家に作品を作らせることのできる人よ。巧《うま》さじゃなくて心で勝負っていうか！」

シャンタルが観念したように目を瞑った。

「……まだ二ヵ月あります。これから特訓しましょう」

「王妃陛下、国王夫妻がとても仲睦まじくていらっしゃると義父《ちち》から聞きましたわよ」

王宮舞踏会で、マレシャル侯爵家に嫁いだディアヌが含み笑いで近づいてきた。

ヴィヴィアンヌはにやつく顔を扇で半分隠した。

「侯爵が？　執務室ではいちゃいちゃしないようにしていたのですけれど……こういうのってにじみ出てしまうものなのかしらね？」

ディアヌが半眼となる。

「あなた、本当に〝ヴィヴィ様〟ですの?」

「ご安心なさって。私は私のままですわよ。雪合戦も剣の稽古も国王様といっしょにしていますわ。それに加えてなんと最近、私、銃の練習も始めましたの!」

ディアヌは物騒な話に目を丸くし、顔を近づけ小声になる。

「危険ではありませんの?」

「最新式で暴発の心配がないんですって。国王様は進取の気性に富んでいらっしゃるから、弓の練習場を射撃場に変えてしまいましたのよ」

「まあ。ヴィヴィ様らしさがさらにパワーアップしていますわ!」

ディアヌが扇を掲げて笑いを隠した。

「自分の身だけでなく、国王様もお守りするつもりですの」

ヴィヴィアンヌは結婚前のようにきりっとした眼差しで、口をきゅっと結んだ。

「さすがですわ〜! ヴィヴィ様!」と、ヴィヴィ様会の淑女たち四人が寄ってきた。

「春になったら、王宮《うち》の中庭でお花見の会を開きましょうよ。お花の洪水みたいになるんですって!」

ヴィヴィアンヌの提案に淑女たちは大喜びだ。王宮の中庭は、王族以外はなかなか足を踏み入れられない。

皆に喜んでもらえて、ヴィヴィアンヌの口角はますます上がる。ただ、ひとつだけ心配ごとがあった。

「私が結婚して以来、王宮舞踏会でロゼールを見かけなくなりましたの。何かご存知？」

淑女たちが戸惑いの表情を浮かべた。

「もしかしてテオフィルのせいなんじゃないかしら？」

「テオフィル様となんの関係が？」

――しまった。

ロゼールがテオフィルとキスしたことがあることは隠さないといけない。

「あ、いえ。あの方、遊び人でしょう？」

皆にきょとんとされる。

ディアヌがくすりと笑った。

「ヴィヴィ様は恋愛ごとには疎くていらっしゃるから、テオフィル様も浮かばれませんわね。テオフィル様の本命はヴィヴィ様で、ロゼールの本命は国王様でいらっしゃるのに」

「えっ？　ロゼールの本命が国王様ですって？」

ヴィヴィアンヌは『ヴィヴィが国王様に求婚されたのが気に食わなかったんじゃないか』というテオフィルの言葉を思い出し、心の中がざわついた。

「ここにいるほとんどの独身女性は国王様と結婚したいと思っていましたのよ」

「でも、ヴィヴィ様のような無欲な方をお選びになった国王様の観察眼は素晴らしいですわ」

淑女たちがコロコロとかわいらしく笑う。

「そう、そうよね。なんといっても国王様ですものね」

「しかも、美形でお若くていらっしゃいますわ」

ジェラルドは相当人気があったようだ。自分の幸せがほかの淑女の不幸の上に成り立っているようで、ヴィヴィアンヌは心苦しくなる。

「ヴィヴィアンヌがいるところはすぐにわかるな」

ジェラルドの声にヴィヴィアンヌは振り返った。

ジェラルドが彼女の周りを囲む淑女たち全員に目を合わせていく。臣下ひとりひとりと目を合わせて威圧するのが彼の癖なのだが、今日の彼の瞳は優しいので、礼儀正しく感じられるだけだ。

「美しい女性が固まっているところに行けば、ヴィヴィアンヌに会える」

以前は絶対、女性におべっかを使わなかったジェラルドが女性を褒め、そして今、ヴィヴィアンヌを愛おしそうに眺めている。

これが噂の『愛妻王』かと、皆、口をあんぐりと開けてしまう。

そんな淑女たちの気持ちに勘づくことなく、ヴィヴィアンヌは早速、気になっていることをジェラルドに問うた。

「ねえ、陛下。ロゼールが陛下のことを好きだったって気づいていらっしゃいました?」

とたん、ジェラルドの顔が『鉄面王』に戻った。

「ダンスの申し込みはたくさんあって、その中に時々いたかもしれないな」

「かもしれない？　淑女の恋心をなんだとお思いですの？」

口を尖らせるヴィヴィアンヌに、ジェラルドは呆れたように質問で返す。

「じゃあ、君はテオフィルの恋心をなんだと？」

「私には友だちにしか思えなくて、恋愛対象ではありませんの」

「だろう？　私が自主的に踊りたいと思った女性は君だけだ。さあ、踊ろう」

ヴィヴィアンヌはぐいっと腰を引き寄せられる。

ジェラルドが近くの男たちに目配せすると、いそいそと紳士たちが、ヴィヴィアンヌを囲む淑女たちにダンスを申し込んでいった。

ジェラルドが当然のごとく、舞踏広間の中央へとヴィヴィアンヌを誘《いざな》い、灯りに照らされてきらめく緑眼を向けてくる。

――さすがにダンスをするときは女性と目を合わせたのよね。

親に言われるがまま国王と踊った淑女たちも、こんなに美しい男に手を取られたら一瞬で恋に落ちたことだろう。

――あれれ？

久しぶりにもやもやがヴィヴィアンヌの心中に広がっていく。

「ヴィヴィ、上の空だな」

ジェラルドが彼女を抱き上げてくるりと回したので、ヴィヴィアンヌは不意を突かれて「きゃ！」と小さく叫んだ。

するとと、周囲の貴族たちが一斉に手を叩き始める。ふたりは繋いでいないほうの手を広げて拍手に応えた。


お妃教育が終わり、ヴィヴィアンヌはジェラルドが執務中、自室で刺繍の練習をするようになった。長椅子にシャンタルと並んで座り、指導を受けながら布に針を刺す。

「いたっ！」

「あら、また指をお刺しに？」

「本当に手が不器用でいやになっちゃうわ」

「剣はお得意なのに、不思議なものですわね？」

そんなやり取りをしていると、急に背後からジェラルドの低い声が響く。

「へえ、君が刺繍なんて珍しいな？」

ヴィヴィアンヌは驚いて、刺繍を裏返しにした。

「え？　どうして？　侍女の先触れがなかったわ」

ジェラルドが長椅子のひじ掛けに軽く腰掛ける。

「驚かせようと思って、私の訪問を伝えないように言ったんだ」

「まあ！　淑女の部屋に来るときは、そういうこと、やめていただきたいわ」

ジェラルドは降参とばかりに両手を少し掲げた。

「はい。以後気をつけます。だから見せてよ？」

ジェラルドが刺繍に手を伸ばしてくるので、ヴィヴィアンヌはすごい勢いで両手で押さえた。

「どうして？」

「下手だから」

「そういえば、結婚前に壊滅的に下手だって自己申告していたな？」

ジェラルドが笑うので、ヴィヴィアンヌはますます恥ずかしくなる。

「練習して上手《うま》くなる予定なんです！」

今日の鍛錬の時間は射撃訓練だ。ヴィヴィアンヌの希望で、年長の弟三人が招かれている。

王宮の奥にある射撃場で、ヴィヴィアンヌは厚手の動きやすいドレスに身を包み、仁王立ちとなっていた。

「皆、最先端の銃の使い方を覚えて、大きくなったら国王様をお守りするのよ！」

威勢のいいヴィヴィアンヌの声に「はい、お姉様！」という弟三人の大きな声が続く。

ジェラルドは苦笑してしまう。

「君の弟たちに守ってもらわなくてもなんとかするから、そこまで気合を入れなくていいよ」

ヴィヴィアンヌが憤慨した面持ちで、ジェラルドにキッと鋭い眼差しを向けてくる。

「まあ。お役に立たないとお思いですの？」

「いやいや、素晴らしい軍人になると思うが、君の弟たちが戦場に駆り出されないような政治をすることが肝心だ」

ヴィヴィアンヌがハッとしたあと、尊敬するようにジェラルドを上目遣いで見つめた。

「本当に……おっしゃる通りですわ」

――かわいい。

ジェラルドは口にこそしないが、ヴィヴィアンヌが男だったら、名うての射撃手になったことだろうと思う。

ヴィヴィアンヌは射撃の腕だけではない。剣を振りかぶる力こそ弱いが、動きが俊敏で、剣を躱《かわ》す防護力が高い。

国内一、二の剣使いであるジェラルドでもうっかり彼女に見惚れたりすると、思わぬところから剣が飛び出してきて、本気で防御をする羽目になることがある。

しかも、彼女はトラウザーズではなくドレス姿でそれをやってのけるのだ。

――女にしておくのは惜しい。

理性ではそう思うし、いっしょに剣や銃の練習ができる妻がいることを幸せに感じている。

だが、今やヴィヴィアンヌは彼にとってかけがえのない宝物である。戦いとは無縁でかつ、ほかの男の目の届かない宮殿の奥に閉じ込められるなら閉じ込めてしまいたいぐらいだ。

「陛下、準備が整いました」

マチューに銃と弾丸を渡され、ジェラルドは射撃台へと向かう。まずは手本として、銃口に弾丸を詰め、台の上で構えて発砲した。

その音に驚いて、三男のコンスタンが転んでしまう。

「もう。コンスタンったら相変わらずおっちょこちょいね」

ヴィヴィアンヌが駆け寄り、しゃがんで彼の膝を手で覆った。

「血が出てないから洗わなくていいわね。痛いの痛いの飛んでいけ～」

彼女の可憐《かれん》な手が宙に飛び立ち、弟の視線がそれを追う。

その光景を見て、ジェラルドはなぜかぶるりと震えた。

――私にもやってほしい。

だが、問題はジェラルドが転ぶ予定も怪我《けが》をする予定も全くないということだ。

その後、弟三人それぞれに射撃兵を付け、指導させた。三人ともみるみる上達していったので、ヴィヴィアンヌは得意満面だった。

ジェラルドはこんな姉がいる義弟《おとうと》たちを羨ましく思うのだった。

「やったわ！　刺繍ができあがったわ！」

ヴィヴィアンヌは木製の刺繍枠を外して誇らしげにハンカチーフを掲げた。

「ヴィヴィアンヌ様史上、最高傑作ですよ」

侍女のシャンタルがおかしげに笑う。今までがひどすぎたので含意のある褒め言葉だ。

と、そのとき扉がノックされ、ほかの侍女が入ってきた。

「リゼット様がお呼びです」

ヴィヴィアンヌは義姉の居室に招かれるようになっていた。ジェラルドはなぜか王姉たちとの交流にいい顔をしなかったが、ジェラルドの幼いころの逸話は、彼女にとって、どんな恋物語よりも興味が引かれる話題だった。

でも今日、ヴィヴィアンヌが聞き出したいのは、ジェラルドの恋物語だった。

リゼットの応接室で、花を模った黄金で装飾された白いテーブルを王姉三人とヴィヴィアンヌが囲む。オリアーヌの今日の頭飾りは宮殿の形をしていた。

「あ、あの。お義姉様方、先日の舞踏会以来、私、気になることがありまして……でも、こんなことジェラルド様に直接聞くわけにいかないので……」

ジェラルドに言えない妻の悩みなど、三姉妹の大好物だ。

「まあ。なんでも私たちにご相談なさって？　殿方に言えないこともおありでしょう」

リゼットが優しそうな笑みを作った。単純なヴィヴィアンヌに、それが作りものだと見抜けるわけがない。

「ありがとうございます。ジェラルド様はお若くて、きりっとしていて、普段は所作が優雅なのに、剣も射撃も国で一、二を争う腕前でいらして、知識が豊富で、頭の回転も速く、仕事熱心で、おかげでここ二、三年の我が国の発展は著しくて……素晴らしい方でしょう？　さぞや女性に人気がおありだったのではないでしょうか。浮名を流した女性もいらっしゃったりします？　いえ、きっといらっしゃいますわね。で、その方はどんなタイプの美人ですの？　胸は大きかったのでしょうか？」

前半の国王についての解説が少々鬱陶しかったものの、後半はかなり面白くなりそうな題材だった。三姉妹の目が光る。

まず、リゼットがティーカップに口をつけ、ゆっくりとソーサーに戻した。

「ジェラルドが噂になったのは何も女性ばかりではないわ」

ジェラルドに女性との浮いた噂が全くないので話題を逸らしたのだが、ヴィヴィアンヌがそんなことに気づくわけもない。

——一体、誰と噂に？

最も気になるのが胸のサイズだ。

そこに、オリアーヌが畳みかける。

「ジェラルドにご執心の殿方も幾人か……」

相手の胸がいきなりぺたんこになった。

そこでヴィヴィアンヌは急に思い出した。結婚前、彼女は女性の中で一番愛してもらえるならそれでいいと思っていたのだった。ジェラルドに愛されて浮かれ、すっかり忘れてしまっていた。

ヴィヴィアンヌは女性の中で一番愛されているかもしれないが、世界で一番愛されているかどうかはわからない。もしかしたら男性が子を産めないので、男性の代用品の可能性もある。

今までにない大きなもやもやが彼女の心を占拠した。

「やっぱり……。平らな胸の私をお選びになったのは、そういうことだったんですね……」

すごい新ネタに、姉妹三人そろって刮目《かつもく》した。

動揺のあまり、うっかり秘密を漏らしてしまったことに気づき、ヴィヴィアンヌは手で口を押さえる。

リゼットは悲しげに眉を下げてこう告げた。

「そういう面はあったでしょうね」

三人とも噴き出しそうになりながらも深刻な表情を作っていた。

オリアーヌが急に思い出したようなふりをしてこんなことを言い出す。

「あら、そういえば、ジェラルドは、そろそろデルボネル辺境伯に会いに遠征に行かれるのではありませんこと？」

「毎春、合同演習をしに辺境伯領に国王様が出向くというのは書物で読みました」

クスクスとこれ見よがしに、リゼットとオリアーヌが笑い合う。

「な、何かおかしかったですか？」

「ヴィヴィアンヌも結婚式でご覧になったでしょう？　辺境伯は絶世の美男ですのよ！」

パメラがなぜか顔を紅潮させ、前のめりになってそう告げてくる。

「確かに中性的な美しさをお持ちでしたわ」

だが、ジェラルドは、ヴィヴィアンヌが彼に気があるのではないかと嫉妬してくれた。

「でも、ジェラルド様は、辺境伯をむしろ邪魔者のように扱っていらっしゃいましたわ」

ヴィヴィアンヌが自分に言い聞かせるように言葉を重ねると、オリアーヌが頭上に建った華やかな宮殿を揺らしながら、悲しげな瞳で答える。

「それは、結婚したばかりのときの話よね？　昔の恋人というのは新婦の前で邪険に扱われるものよ」

――昔の恋人！

どうりでノルベールが値踏みでもするかのようにヴィヴィアンヌをじろじろと見ていたわけ

だ。

やはりジェラルドは男女どちらも愛することができる人なのである。

——そんなこと、初めからわかっていたのに！

いつの間にか、自分はこんなにもジェラルドのことが好きになっていたのかとヴィヴィアンヌは愕然《がくぜん》とする。老若男女ひっくるめて、その中でたったひとり、自分だけを愛してほしいと思うようになっていたのだ。

「でも大丈夫よ。男性は子を産めないもの」

「王妃帯同の年中行事なのだから、意地でも付いていってふたりの仲を邪魔したらいいわ」

「いえいえ、ジェラルドと辺境伯、背の高いふたりが並び立っただけで眼福ですからね。自分を壁だと思って楽しむのも最高でしょう？」

慰めになるどころか、一言一言がヴィヴィアンヌの心を抉った。

仲のよくない集団が団結するのは、共通の標的を見つけたときだと相場が決まっているが、ヴィヴィアンヌはそんなことを知る由もない。

早速、晩餐の席でリゼットが「今年はいつごろデルボネル辺境伯領に行かれますの？」とジェラルドに問うた。

「軍事秘密なので、春としか言えません」

ジェラルドがすげなく答える。

――やっぱり行くのね。

「私も同行させていただけますよね？」

ヴィヴィアンヌは、辺境伯の城でノルベールと、ジェラルドの愛を争わなければならないのかと思うと気が重くなるが、みすみす夫を、前の恋人に差し出すなんてできそうにない。

「いや。私ひとりで行く。ヴィヴィアンヌはおとなしく留守番しているんだよ？」

「え？　でも、一ヵ月近く王宮を留守にされるのでしょう？　その間、私は置いてけぼりなんですの？」

ヴィヴィアンヌは王太后に何か言ってほしくて視線を合わせる。

お妃教育で読んだ書物には、王太后は毎年春に国王に帯同して辺境伯領に赴いたとあった。そのとき王太子ジェラルドも連れて行かれたので、ノルベールと深い仲になったのだろう。

王太后も意外そうな顔をしていた。

「もしかして、ヴィヴィアンヌは妊娠しているの？」

「え、いいえ。まだ……です」

毎晩睦み合っているというのに、いまだに兆候がなかった。ちょうどそのとき大好物のロブスターのローストが給仕されたというのに、ヴィヴィアンヌは肩を落とした。

「なら連れて行ってあげればいいではありませんか。私、初めの年は新婚旅行みたいで楽しかったですわ。ノルベールとあなたは血縁もあるし、幼馴染でしょう?」

ヴィヴィアンヌはジェラルドをすがるような目で見上げる。

「母上。目的が隣国を牽制《けんせい》するための軍事演習だということは、よくご存知のはずですよ?」

ジェラルドは背筋を伸ばして無表情を決め込んでいた。食卓ではいつもこんな感じといえばそうだが、今、ヴィヴィアンヌにはまるで知らない男のように感じられる。

——ノルベールとの仲を邪魔されたくないのね……。

いつもと打って変わってぎくしゃくした弟夫婦の様子を、姉三人は目を爛々《らんらん》とさせて見入っていた。


その夜、ヴィヴィアンヌはどうしてもジェラルドの寝室に行く気になれなかった。王妃のベッドで頭まですっぽりと上掛けをかぶって寝たふりをする。

すると国王夫妻の居室を繋ぐ内扉のほうから呼び鈴が鳴った。国王が入室する合図だ。にわかに隣室が騒がしくなり、寝室の扉が勢いよく開く。侍女ならゆっくりと静かに開けるので、ジェラルドだ。力強い足音が近づいてきて、ベッドにギシッと振動が起こる。ジェラルドが腰を下ろしたのだ。

「どうした？　妊娠のことを気にしているのか？」

心配そうな優しい声が上掛け越しに聞こえてくる。

――やっぱり寝たふりなんてできない……。

ヴィヴィアンヌは上掛けから、そっとふたつの瞳を出した。

「まあ、少しは……」

「馬鹿だな。結婚前に言っただろう？　子どもができなくても、ヴィヴィがいればそれだけでいいって」

ヴィヴィアンヌはがばっと起き上がり、ジェラルドと向き合った。彼はガウン一枚だった。

「じゃあ、どうしてそばに置いてくれないの⁉」

ジェラルドが眉をひそめる。困惑したような表情だ。

「今日のヴィヴィはおかしいぞ？　姉たちに何か言われたのか？」

ヴィヴィアンヌは膝を抱えてうつむきかげんになった。

「いいえ。お義姉様たちはとても親切よ。冷たいのはジェラルドだけ」

「私が……冷たい？」

ジェラルドが足を下に垂らしたまま、上体だけ乗り出してきた。

「お義母様は同行したのに、私が駄目なのはなぜ？」

「いや、私は即位してからずっとひとりで行っているし……」

『絶世の美男ですわよ』というパメラの興奮した声が頭の中で響き渡る。

「でも今は……私たち、ひとりじゃないわ」

ジェラルドがわずかに目を見開いたあと、小さく笑った。

「そうだ。私たちはひとりじゃない。離れていても、な？」

ジェラルドが諭すように頭を撫でてくる。

「ジェラルドは私と離れていても平気なのね？」

「平気なわけがないだろう？　ヴィヴィがそばにいないなんて想像しただけで身を切られる思いがするよ」

「なら……！　どうして連れて行ってくれないの？　ちゃんと理由を教えて」

ヴィヴィアンヌは顔を近づけて目と目を合わせる。

「軍事演習であって物見遊山ではない。ただそれだけだよ」

彼の瞳にはいつもと違って迷いがある。

「嘘ね。私、読めるの。あなたの心……」

ジェラルドの片眉が不機嫌に上がった。ヴィヴィアンヌとベッドにいてこんな不快な表情をすることは今までなかった。

――何を隠しているの？

そう思ったあと、答えは明白だとヴィヴィアンヌは自嘲する。おそらくノルベールは男の中で一番好きな人なのだろう。

――では一番好きな〝人間〟は私なの？　それとも彼？

「ヴィヴィ、姉たちとは距離を置け」

こんな命令口調も初めてで、ヴィヴィアンヌはショックを受ける。

――そんなに彼とのことを知られたくないのね。

「せっかくあなたのお義姉様たちと仲よくなれたのに……ひどいわ！」

ヴィヴィアンヌは語気を強めた。

「……ヴィヴィ。いつだって私の言うことを聞いてくれただろう？」

ジェラルドの大きな手が彼女のうなじを支え、顔が傾いたかと思うと、緑眼に漆黒の睫毛が舞い下りる。

ヴィヴィアンヌはその艶《つや》めいた所作にうっとりして口を開きかけてから、慌てて彼を押しのけた。

「やめて！」

「私を拒否するのか？」

ジェラルドは心底驚いた様子だった。言葉に非難の色はなく、ただショックを受けていた。

「今日はそういう気分じゃないの」

ヴィヴィアンヌが目を逸らすと、ジェラルドに手を取られる。

「何があったのか教えてくれないか?」

「……夫が辺境伯領にひとりで行くって勝手に決めてしまったの。お義姉様が聞いてくれなかったら、私、当日まで知らないままだったのかしら?」

「今のところ三月末からになる予定だ。まだ誰にも言ってはいけないよ?」

「……春になったら、王宮の庭園で木に登ってお花見をしようって約束したわ。……しかもジェラルドの誕生日も祝えないということ?」

「誕生日当日じゃなくても、帰ってきてから祝ってくれればいいよ」

「いっしょに行けば、お誕生日にふたりで祝えるわ。前王妃様は連れて行ってもらえたのに……私が邪魔なの?」

ヴィヴィアンヌの瞳に涙がにじんでくる。

「邪魔だなんて思ってない。一ヵ月、いや三週間でいい。王宮《ここ》で待っていてほしいと言っているんだ」

「三週間も離れてなんかいられないって言っているの!」

――その間に心が移ってしまったら? きっと私、生きていけないわ。

「なんで急にそんなわがままを……?」

ジェラルドが理解できないといった様子だ。

「急? 私は元々こうよ。母から剣の稽古をやめるよう言われてもずっと続けていたし、テオフィルと結婚させようとする母親に反発して逃げ回っていたし、私は利かん気でかわいげのない女よ?」

「……そこが君のいいところじゃないか」

そうつぶやいてジェラルドが押し黙った。

ヴィヴィアンヌだって自分が何をしたいかわからない。好きだから行ってほしくない、いっしょにいたいだけなのに、自分の口を衝く言葉は嫌われるようなことばかりだ。

――でも、止まらない。

「あなたは私を月の精だと言ったわ。そういうロマンチックなあなたも私、大好きよ。でも私は月の精じゃなくて人間で、あなたの子でもペットでもない」

「そんなことはわかっている。だが、これは一国の王である私が決めたことだ。君はここでおとなしくしているんだ。いいな?」

ジェラルドがヴィヴィアンヌを押し倒して組み敷く。この世の全てを統べるかのような王者の眼差しでジェラルドがヴィヴィアンヌを見下ろした。

――これは命令?

彼にとって、ヴィヴィアンヌはともに並んで歩く王妃ではなく、お気に入りの臣下にすぎなかったのかもしれない。同志はあくまで男性であり、ヴィヴィアンヌはこうして子種を植えつけるためだけの存在――。

ヴィヴィアンヌは後ろ向きにしか物事を考えられなくなっていた。

「ヴィヴィ……」

ジェラルドが唇を近づけずに、親指を彼女の口内に差し入れた。さっきキスを拒まれたからかもしれないが、この扱いにヴィヴィアンヌは傷つく。

親指で彼女の舌を撫で回しながら、ジェラルドがネグリジェの中に手を突っ込んで両脚をまとめて引っ張り上げ、ドロワーズを性急に剥《は》がして放る。

いつものように脚を優しく舌で愛撫したりせず、いきなり秘裂に指を突っ込まれ、ヴィヴィアンヌは「んっ」と目を瞑る。

ジェラルドが、くちゅくちゅとわざと淫らな音が立つように浅瀬をかき回してくる。

「ほら、もう感じている。怒るのをやめて私を受け入れろ」

——受け入れる？　体だけでなく考えも受け入れろということ？

「や、やめて！」

ヴィヴィアンヌの声が届いていないかのように、ジェラルドが平然とした顔で、彼女のネグリジェをたくし上げた。乳首がつんと上を向いている。ふくらみが小ぶりなだけに、その頂点が立ち上がると妙に艶《なま》めかしい。

「やめないよ。こうやって何度もひとつになったから、君だって私と離れたくなくなったんだろう？」

「……そ、そういうわけじゃ……あぁ！」

ジェラルドが膝裏を掴んで広げ、秘所にかぶりついた。じゅるっと甘露を吸い上げる。

「ふ……あぁ……あ……んん」

ヴィヴィアンヌは掲げられた脚を力なくわななかせ、気の抜けた声を発することしかできなくなっていた。

「ほら、もう降参だ」

その言葉に、ヴィヴィアンヌの頭の片隅に反発心が起こる。

だが、再び蜜源に舌を伸ばされ、乳房を荒々しく揉みしだかれると、ヴィヴィアンヌは熱に浮かされたようにはぁはぁと吐息を漏らすことしかできなくなった。

こんな乱暴な愛撫は初めてだ。それなのにヴィヴィアンヌは普段よりも感じやすくなっている。

「いやっ、いや！」

口では反発するものの、その声はいつもよりトーンが高い。頭を左右に振り、目をぎゅっと瞑っているヴィヴィアンヌは喘いでいるようにしか見えない。

いや、ヴィヴィアンヌが認めたくないだけで、これは喘ぎ声だ。

ジェラルドの甘く罰するような愛撫に彼女の体は明らかに悦んでいた。

「そろそろ欲しいんだな？」

秘所にかかる熱い息。それすらも彼女を狂わせる。

「あ、ちが……はぁ……あぁ」

「どうして今日は認めない？」

ジェラルドが舌を外し、中指で彼女の蜜口に栓をする。腹にキスを落とし、くちづけの位置を徐々に上げていく。やがて首筋までくると耳朶を口に含んで飴《あめ》を舐めるように舌の上で転がした。

「ふぁ……あ……ふ」

「ヴィヴィアンヌはここが弱い」

耳元に掠れた声と息がかかり、ヴィヴィアンヌはぶるりと小さく震える。

「どんどんあふれてくるよ？」

やせ我慢はやめろとばかりに、ジェラルドが指を出し入れしてくる。ヴィヴィアンヌは指を外そうと、体を横に倒した。すると彼が背後に回って、その手で今度は乳房を包み込んだ。指間に乳首を挟んで乳房全体を揺すってくる。彼の反り返った剛直が、するりと太ももの間《あわい》に入り込む。

「あ……」

早く挿れてほしい。でもヴィヴィアンヌはそんなことを口にしたくなかった。

ジェラルドが片方の太ももを掲げ、背後からいきなりずんっと奥まで突き上げてくる。

「あぁ……！」

「ヴィヴィ……愛してる……ずっとこうしていられたら、どれだけ……いいか」

ジェラルドが大きな手で乳房を覆って彼女を固定し、横向きのまま背後から荒々しく腰を押しつけてきた。何度も、何度も。

「あ……くぅ……はぁ……！」

――気持ちいい。

この瞬間だけは、寂しさも嫉妬も全て消えていく。彼の大きな体に覆われて、耳元で愛を囁かれ、とてつもない官能に支配される。

「ジェラルド……私だけ……私だけを……愛して……！」

「ヴィヴィ、当たり前だ。私には君だけだ」

挿入したまま、ジェラルドがヴィヴィアンヌをうつ伏せにした。彼が腕で自身の体重を支えているので重さはかからない。めくれ上がったネグリジェは今や首に巻きついているだけなので密着感がある。

ジェラルドが突き上げるたびに、彼の胸筋が彼女の背を撫でる。さっきとは違う角度から穿たれ、ヴィヴィアンヌの嬌声は切羽詰まったものへと変化していく。

「ヴィヴィ……そんなに締めて……」

「あぁ……！」

ヴィヴィアンヌは自身の中で熱い飛沫《しぶき》が放たれたのを感じながら、忘我の境地に達した。

気持ちのすれ違いをお互い感じながらも体を重ねる日々が続く。その間《かん》もヴィヴィアンヌはずっと同行したいとジェラルドに訴えていたが、彼は頑として首を縦に振らなかった。

三月末になり、ジェラルドが率いるノディエ王国軍が辺境伯領へと旅立つときがやって来る。まだ風は冷たいが青空が広がる気持ちのいい朝だった。

宮殿のエントランス前で、黄金の肩章《エポレット》を付け、腰ベルトに軍刀とサーベルを提げた軍服姿のジェラルドが王太后、王姉たちと続けて軽く抱擁し合ったあと、ヴィヴィアンヌに向き合った。

「顔、よく見せて？」

ヴィヴィアンヌはふわりと抱き上げられ、目の前にジェラルドの顔が来た。ジェラルドが困ったように眉を下げ、片方の口の端を上げている。

「いい子でお留守番をしているんだよ？」

ヴィヴィアンヌはカチンと来て「私は子どもではありません」と、そっぽを向いた。

すると頬にそっとくちづけられる。

急に彼女の目頭に熱いものがこみ上げてきた。毎日こうして愛を注ぎ込んでくれたジェラルドが今日からいなくなるのだ。

——私、やっていけるのかしら。

ヴィヴィアンヌは唇をきゅっと結び、ジェラルドの顔に視線を戻す。いろいろ話したいことはあったが、言葉が嗚咽に変わりそうで、ヴィヴィアンヌは「……お元気で」と声を絞り出すのが精一杯だった。

「ヴィヴィも息災で過ごすように。お土産をたくさん買って帰るから楽しみにしておいで」

——楽しみになんか、できない。

ヴィヴィアンヌを下ろすと、ジェラルドは彼の愛馬の鐙《あぶみ》に足を掛け、軽々と馬に跨った。

彼が手を上げるとラッパの音が鳴り響く。

「出発！」

国王が馬を走らせると、そのあとを近衛騎兵が続く。王宮の外でほかの隊と合流する予定だ。

ジェラルドが見えなくなっても、近衛騎兵の馬の列が続いていた。蹄の音が鳴り響く中、オリアーヌが話しかけてくる。

「私たち明日から二週間くらい離宮に行くことにしたの。ジェラルドがいないと、つまらないでしょう？」

ヴィヴィアンヌは泣き笑いのような心境になる。

「……お義姉様たち、ジェラルド様のことがお好きなんですね」

オリアーヌが、ジェラルドに似た色の緑眼を細めた。

「あら。そんなことないわよ。面白がっているだけよ」

それを受けて、リゼットが王太后を横目で見る。

「十二歳くらいからかわいくなくなりましたね」

「あら、私は今もかわいいと思っているわよ。愛妻家なところも含めてね」

王太后がいたずらっぽく笑うと、リゼットがヴィヴィアンヌに近寄ってきた。

「離宮の庭園は、早咲きの花が多く植えられているから今が一番いい時季なのよ。ヴィヴィアンヌもいかが？」

「皆様、お気遣いありがとうございます。でも、ジェラルド様がお戻りになったら、すぐにお会いできるよう、ここでお待ちしますわ」

ヴィヴィアンヌは自室に戻ると、久々に本棚から恋愛小説を引っ張り出した。

お気に入りの『緑の瞳に囚われて』だ。久々なので初めて読んだときのように楽しめるはずだ。こんなふうに間隔を開けては何度も読み返して楽しんできた作品である。

しばらく目を通して、ヴィヴィアンヌはぱんっと勢いよく本を閉じた。

——駄目。ジェラルドより素敵なヒーローなんてありえないわ。

ヴィヴィアンヌは部屋を見渡した。

この部屋は、国王の居室への内扉がある部屋と、寝室の間にある。王妃が寛ぐための部屋だ。

壁には、ジェラルドとヴィヴィアンヌの肖像画を掛けている。

——本物はもっとかっこいいけど、これもまあまあね。

ヴィヴィアンヌは寝室の扉に目を向ける。王妃の寝室でジェラルドが一夜を明かしたあと、別れがたくなって、ここで濃密なくちづけを交わしたことが何度かあった。

今度は逆側の内扉に視線を移す。ジェラルドが寝室まで我慢できずに、扉に押しつけられて情熱的に睦み合ったことがある。

——この部屋はジェラルドでいっぱいすぎるわ。

義姉たちと離宮に行ったほうがよかったかもしれないと、ヴィヴィアンヌは今さら後悔し始めるのだった。


そのころジェラルドは第一の宿泊地である、郊外のバスク城へと馬を走らせていた。とはいえ後続に歩兵がいるので速度は速くない。横に近衛連隊長であるマチューーがぴったりと寄り添っている。

「ヴィヴィアンヌ様、悲しそうでしたね。お連れしたらよろしかったのに」

ジェラルドは眉間にしわを寄せた。一番ヴィヴィアンヌを連れてきたかったのはジェラルドにほかならない。

「マチュー、これは苦渋の決断なのだ。わかるか？　我が妻は結婚して以来美しくなるばかり。

そんな妻が男だらけのこんなところに来たらどうなる？」

なぜか間が空いた。

「……陛下が恐ろしくて何も起こりえないとしか思えませんが」

「では、もし万が一誰か気になる男ができたら？　妻はなよなよした貴族よりもむしろ兵士のほうが好みだと思うのだ」

「陛下は国王にして、国一番の剣使いでいらっしゃるから、そのご心配も必要ないかと思われます」

「マチュー、王妃は我が国の至宝ぞ？　辺境伯がノルベールに代替わりしてからというもの、あの思いあがった男は隙あらば独立しようと陰で画策している。曾祖父《そうそふ》が次男かわいさに辺境伯などという爵位を作ったのは失敗だったとしか言いようがない。父王の時代のような親戚の邸宅に遊びに行くような感覚では困る」

「はい。もちろんでございます。ただ、来年からはお連れしてはいかがでしょうか。このマチューがしっかりお守りいたしますから」

「いや。毎年辺境伯を訪ねるこの年間行事は今年で最後にする」

「……やはり、この春に決着をつけるというのは……」

マチューはごくりと唾を飲み込んだ。彼は主に情報を収集する役を担っているので、軍事作戦には関与していない。

「いざ戦いになったときのために、将校たちには作戦を三種伝えてあるが、戦闘は徹底的に避けるつもりだ。辺境伯領にも民がいる。というか我が国民だ。まあ、まずはあちらに到着してから。相手の出方次第だな」

この速度だと、辺境伯の城まで六日かかる。王宮を離れて一日、二日と経《た》つにつれて、ジェラルドはマチューの言う通りだと思うようになる。

ジェラルドはヴィヴィアンヌと離れて初めてわかった。いつの間にか世界が全く変わってしまっていた——。

花が咲き始めた木を目にしたら、これは登りやすそうだから教えてやりたい、太い幹を見たら、ここに並んで座りたい、月が昇ると、あと一週間で満月だ、またいっしょに捕まえよう……そんなことばかり考えてしまう。

——なぜ君がここにいないんだ?

ジェラルドはここに来てようやく自身の作戦ミスに気づく。離れたくないというヴィヴィアンヌの主張は正しかった。

国王は王妃がいないと彼女のことばかり考えてしまう。彼はこれから初陣に臨むことになるかもしれないというのに、だ。

王宮では、ヴィヴィアンヌは気を紛らわそうとヴィヴィ様会を開いていた。王太后や義姉たちがいないので、王宮の中庭を自由に使いやすい。

花壇にはまだクロッカスとラッパ水仙ぐらいしか咲いていないが、皆、王宮の庭に興味津々の様子でヴィヴィアンヌはうれしくなる。

が、枝ぶりのよい樹木を目にすると、この庭が花だらけになったときにジェラルドと登りたかったなどと考え、今さらながら悲しくなる。

「ヴィヴィ様、ご無沙汰しておりました」

結婚以来、王宮舞踏会に参加しなくなったロゼールまでもが来てくれた。

会が終わりになり、皆がお別れの挨拶をする中、ロゼールがもの言いたげにヴィヴィアンヌに視線を合わせてくる。

「ロゼール、どうなさいましたの？」

ヴィヴィアンヌの問いにロゼールが顔を近づけ、ほかの人に聞こえないように小声で囁いた。

「ご相談したいことがあるのです。このあと、少しお時間いただけませんでしょうか」

「ええ。もちろん。いいですわよ」

王妃の居室の応接室に場所を変えて、ヴィヴィアンヌはロゼールと膝を突き合わせた。

「ヴィヴィ様の力で国王様の、私への心証をよくしていただきたいのです」

「え？　心証？　どういうこと？」

ロゼールが意を決したように声を絞り出す。

「実は私、国王様に嫌われているんです」

「ええ⁉　どうしてそんなふうに思われたんですの？」

「私、ヴィヴィ様に近づかないように言われていて……でも、こんなことヴィヴィ様に頼んだなんて知れたら、余計に嫌われてしまいますわ。秘密にしてくださいね」

——ジェラルドはそんなこと、全然言ってなかったわ。

「きっと国王様はそんなこと思っていませんわよ。ただ、ほら、ロゼールが美人だから、私が嫉妬すると思ってのことではありません？」

「ち、違うんです。私のせいで、ヴィヴィ様がテオフィル様と争ったから、そのこともあって、本格的に嫌われているんです。愛妻であるヴィヴィ様が実は私に命を助けられたことがあるとか、そういうレベルのことを言っていただかないと、我が侯爵家はお先真っ暗ですわ」

ロゼールが、見たことのないような思いつめた表情を浮かべていた。

「考えすぎですわ。国王様は執務において個人の感情で動く方じゃありませんもの。それよりテオフィルのことはもう平気になりまして？」

「別に何もありませんわ。もともと好きではありませんし。テオフィル様は今回、お金を積んで大佐の地位を手に入れたそうですけど、補給隊長ですって！　豚や馬のおともですわよ。しかも皆から三日遅れで出発するんですって」

ロゼールが馬鹿にするような笑みを浮かべたので、ヴィヴィアンヌは少し不快になる。テオフィルは恋愛対象ではないだけで、長い付き合いの幼馴染だ。

『私はロゼールとは、ほとんど話したこともないのに』と言ったときの彼は真顔で、嘘をついているとは到底思えなかった。

「ねえ、ロゼール。テオフィルと付き合っていたとか、キスしたとかいうお話、嘘だったのではありませんか？」

「え、そ、そんなことありませんわ。どうしてそう思われたんです？」

「私、恋をしたから今ならわかりますわ。ロゼールがテオフィルと付き合っていたとは思えません。愛情も、その裏返しの憎しみも感じられないんですもの。あのとき、私、動揺して鵜呑《うの》みにしてしまいましたが、テオフィルは嘘をつくような人ではありませんわ」

「ヴィヴィ様まで、そんなことを！」

――まで？

ジェラルドが嫌っているとしたら、侯爵邸の騒ぎの原因を作ったのがロゼールだと思ってのことだろう。やはり、ロゼールは嘘をついたのだ。

――だとしたら……。

「私、テオフィルにひどいことをしてしまいましたわ。今度いっしょにテオフィルのところに謝りに行ってくださいます？　でないと私、国王様の心証をよくすることなんてできませんわ」

「は、はい。行きます。なんでもしますのでどうかお赦しください」

ヴィヴィアンヌは失望していた。それはむしろロゼールにではなくジェラルドに、だ。

ジェラルドは肝心なことを教えてくれない。ロゼールの悪だくみに気づいていたなら教えてほしかった。

そうしたら、テオフィルへの誤解も早々に解けたし、ロゼールが舞踏会に来なくなったことを心配することもなかったのだ。

翌朝は天気がよく、暖かかったので、ヴィヴィアンヌは窓を開け、新しく手に入れた恋愛小説を窓辺で読んでいた。この本のヒーローも、ジェラルドには勝てそうにない。

すると蹄の音が聞こえてくる。王国軍からの第一報かもしれないと思い、ヴィヴィアンヌはエントランスへと下りていく。

そこにはすでに重臣や将校たちがいた。

「王妃陛下、ちょうど今、こちらが届きました」

伝令が渡してくれたのは信書と花束で、息を呑むような青色をしたワスレナグサだった。ヴィヴィアンヌが青い花が好きと言ったことを覚えていてくれたのだ。

「国王様から王妃陛下へのプレゼントだそうです」

「まあ、素敵」

――私のこと、あちらでも思い出してくれているのね……。

封を開けると『ヴィヴィアンヌへ。君の言う通りだったよ。私たちは離れ離れになってはいけなかったんだ。一刻も早く君に会いたい。ジェラルド』とある。

ジェラルドがこんな弱音を吐くなんてヴィヴィアンヌには驚きだった。

「かすり傷だけで済んだそうです。ご安心ください」

そんな気になる伝令の言葉が耳に入り、ヴィヴィアンヌは顔を上げる。

「国王様が怪我をされたのですか？」

「剣の稽古をされているときに、腕に剣先がかすったようでして」

「ええ？　あの方が稽古で怪我なんてするかしら？」

――名うての剣士であるジェラルドが？　そんなことありえる？

「遠征先でも鍛錬を怠らないなんてさすがですな」

動揺した様子の王妃を安心させようとマレシャル侯爵が慌ててそう付け加えたが、ヴィヴィアンヌの不安は広がる一方だった。

――この手紙といい、怪我といい、ジェラルド、何かおかしいわ。

その後、ヴィヴィアンヌはロゼールを呼び出し、テオフィルの邸へと向かった。

ムーレヴリエ伯爵家では、王妃の訪問とあって結婚前とは全く違う扱いを受ける。今日、訪問したいと申し入れたばかりなのに大歓迎された。

エントランスで伯爵夫妻の歓待を受け、応接間に入ると、テオフィルがやって来た。

「ヴィヴィ、急に会いたいだなんて伝令を寄越《よこ》して……」

テオフィルの視線がロゼールのほうに向かう。

「ロゼールまで？　どうしたんだ？」

「私もロゼールも謝りたいことがあるのよ」

ロゼールが殊勝な表情で一歩前に出た。

「テオフィル様、薄々お気づきかと思いますが、私、つい出来心で、テオフィル様とお付き合いしたことがあるようなことをヴィヴィ様に吹聴《ふいちょう》してしまって……それでヴィヴィ様がテオフィル様にお怒りになったと聞いて、ずっと謝らないといけないと思っておりましたの」

「な、なんで、そんな嘘を？　それでヴィヴィ、あんなに怒っていたのか？　ロゼール、私がヴィヴィを好……いや、なんでもない」

「テオフィルのことを勝手に誤解してごめんなさい」

ヴィヴィアンヌも頭を下げる。

「まあ、いいよ。過ぎたことだ。あれで王家との婚姻が流れなくてよかったよ」

「テオフィル、あなた……やっぱりいい人ね。ありがとう。ところで、テオフィルの補給部隊は明日出立なの？」

「ああ。そうだ。ヴィヴィはもう出立したとばかり思っていたよ。いつ辺境伯の城に向かうんだ？」

ヴィヴィアンヌはその言葉に密かに傷ついた。臣下だって、てっきり王妃が行くものだと思っているのだ。それなのに連れて行ってもらえなかった。

急にヴィヴィアンヌが落ち込んだので、テオフィルが慌てた様子になった。

「……もしかして何かまずいことを聞いた？」

ヴィヴィアンヌは暗い気持ちを吹っ切るように顔を上げる。

「明日向かう予定よ。男装してテオフィルの従者になるの」

テオフィルが目をむいた。

「は？　王妃様が従者？　国王様は許可しているのか？」

「国王様がお望みよ」

ヴィヴィアンヌはさっきもらったばかりの手紙を彼の目の前にばーんと広げる。

「一刻も早く君に会いたい……？　はいはい。お熱いことで」

テオフィルが呆れたように溜息をついた。

「しかもジェラルド、負傷しているそうなのよ。私、心配で心配で心配で。ほら、怪我をしたあと発熱して命を落としたりすることがあるじゃない？　私、弟たちのためにすごくよく効く軟膏《なんこう》を外国から取り寄せていて、それを持って行ってあげたいの」

「うちの軍医を舐めているのか？　それよりもっと効く薬があるだろうよ」

ヴィヴィアンヌは下唇が上に伸びていき、上唇に蓋をした。

「なんだよ。王妃様がそんな軽はずみな行動していいわけないだろう！」

「国王様が会いたいって言っているんだから、いいでしょう⁉」

「じゃあ、大急ぎで正式な許可をもらえよ！」

「そんなのを申請していたら一週間はかかるわ。ジェラルドは迅速な行動を好むもの！　あなた、この一刻も早くって文字が見えないわけ？」

ヴィヴィアンヌが手紙のその部分を指差して、テオフィルの目の前に差し出すと、彼がうんざりしたような顔になった。

「……一刻も早く王妃様専用の豪華な馬車を用意してもらったらいいだろう？」

ヴィヴィアンヌは憮然とした。

第六章　愛でて愛でられて

ジェラルドが出立してから六日目の朝、王宮からの伝令が息せき切ってジェラルドの居室に駆け込んできた。

国王の居室といっても城でも王宮でもなく、有力者の邸宅の一部を間借りしたものだ。ここはもう辺境伯の領地で、今日の正午、城に着く予定だった。

ジェラルドは寝起きでまだ軍服に着替えていなかったが、何事かとシャツ一枚で寝室から応接室へと出た。

すると、そこには伝令とともに、王宮警備隊長が真っ青な顔をして直立不動になっていた。ふたりとも目の下に隈《くま》を作ってげっそりとしていて汗臭く、徹夜で早馬を飛ばしてきたことが見て取れる。

ジェラルドは猛烈にいやな予感がした。

「王妃様が行方不明になられました」

「……どういうことだ？　どこかにお忍びで遊びに行っているだけだろう？　私の王妃はお転

婆だから……」

ジェラルドは手の震えを感じる。どんな過酷な鍛錬にも耐えてきた彼だが、恐怖に震えたことなど初めてだった。

「ご報告申し上げます！　王妃様は三日前、ルジャンドル侯爵家のロゼール様とともにムーレヴリエ伯爵邸を訪れ、テオフィル様とご歓談ののち、ロゼール様と宮殿に戻られたのですが、体調を崩され、一昨日は一日中寝室から出ずに食事も自室でおとりになったとのことです。昨日の朝、侍女が朝食をお持ちしたときにはもぬけの殻でした」

「おまえたちより王妃が一枚上手だったということだろう？」

「それが、居室の扉の前でこのようなものが見つかり、開封させていただきました」

封蠟印が辺境伯の獅子《しし》の紋章で、ジェラルドは動揺しながら中の羊皮紙を取り出す。

『王妃の返還を望むならば、同封の書類にサインをしてお戻しされたし。デルボネル辺境伯』という信書とともに、聖法庁の鉛製印章が紐で括りつけられた証書が同封されていた。『辺境伯領の独立を認める』と記されている。ここにジェラルドがサインをすると効力を持つ証書だ。

「あいつ……ふざけるな！」

ジェラルドは拳でテーブルをダンッと叩いた。

独立の野心を抱いていることはわかっていた。ノルベールが聖法庁に多額の寄付をして証書を手に入れた情報も掴んでいた。

だが、まさか王妃を誘拐だなんて悪手に出るとはジェラルドは思ってもいなかった。今回、大掛かりな軍で向かったことで、滅ぼされる危機を感じたのかもしれない。

——追い詰めすぎたか！

「ほかにもこのようなものがベッド脇のチェストの中から布に巻かれた状態で見つかりました。こちらは王妃様の筆跡で陛下のお名前が書かれていたので開けておりません。何か手がかりになるかと思い、持参させていただきました」

隊長が差し出したのは美しい紋様の入った木箱と封書だった。ジェラルドは急ぎ無造作に手で封を切る。手紙にはこう書いてあった。

『お誕生日おめでとうございます。花壇が花でいっぱいになったら木の上に登ってお花見しましょうね』

内容からして行軍の日程を聞く前に書いていたのだろう。

次に木箱を開けると稚拙な刺繍が目に入る。色とりどりの花々がたくさん刺繍してあり、その中から黒髪の男と黄色い髪の女が顔だけ出している。ふたりとも眉毛がきりっとしているが口が赤い糸で三角に縫われていて楽しそうだ。

いつもこそこそ刺繍をしていたのはこれだったのだ。行軍が前倒しになり、渡す機会がなくなったので布で包《くる》んで放っておいたのだろう。

「本当に下手……」と、ジェラルドは言いかけて目頭を押さえた。臣下の前で涙を流すわけにはいかない。

――君の言う通りだ。やはり私たちは離れてはいけなかったんだ！

「本当に申し訳ございません」という言葉をさっきからひたすら繰り返す警備隊長にジェラルドは厳しい眼差しを向けた。

「我が王宮警備隊が王妃ひとりも守れないとはな！　それにしても内通者でもいないとさすがに王妃の誘拐など無理だろう」

「……実は、ロゼール様の所在がまだ掴めておりません」

「なんだと⁉」

――こちらも追い詰めすぎたか。

ジェラルドの統治下ではお先真っ暗と思い込んだロゼールが辺境伯の甘言につられて誘拐に手を貸す……大いにありえる筋書きだ。

「おまえはさっさと王都に戻って、ロゼールの行方を全力で捜索するんだ。何か少しでも手がかりが見つかったら、その都度早馬を飛ばせ！　いいな」

「は、はい。では失礼してすぐにでも王都に戻らせていただきます」

王宮警備隊長が急いでその場を辞すと、伝令があとに続いた。

ジェラルドは応接室にそろった将校五人にこう告げた。

「出立は延期する。それぞれの指揮下に伝えに行け」

「はっ」と皆が一斉に胸に拳を当てて応接室から出ていった。残されたのはジェラルドとマチューだけだ。

――これは罠《わな》だ……。

辺境伯は『愛妻王』から妻をもぐことで国王を揺さぶり、判断を誤らせようとしている。

――わかっている……わかっているが、理性を保つことなど無理だ。

「マチュー、誘拐されたとしても王妃はまだ辺境伯の城に着いていないはずだ。内偵には到着した馬車を逐一チェックするよう伝えろ。あと、しばらくおまえが指揮を執れ」

「え？　私がですか？」

「私の影武者を連れてきているだろう？」

「はい。待機させておりますが、陛下はいずこに行かれるのです？」

「私は王妃を捜しに出る」

「ええ⁉　捜索は私どもが人海戦術で行いますから！」

「悪いがもう信用できない。宮殿が一番安全だと思って断腸の思いで置いてきたのに、王宮で王妃が誘拐されるなんて信じられるか⁉　色に狂ったとでも思ってくれても構わん！　もう私は死んだんだ！　今死んだ！」

――ヴィヴィのいない人生になんの意味がある？

「そうだ。王妃がロゼールとテオフィルの邸を訪問したという報告だったな。テオフィルはどこにいる？」

「テオフィル補給隊長は予定通りに三日遅れで出発しておりますが、歩兵がいない部隊なので昨晩宿泊したベルグラン邸まで追いついているかと思われます」

「では、私が赴く。テオフィルがベルグラン邸にいなければあいつも怪しい。急いで平民の私服を用意してくれ」

ジェラルドは即刻、平民に身をやつし、鞍を古びたものに変えた駿馬《しゆんめ》に跨って昨日来た道を逆走していった。そのあとを伝令三騎が追う。いざというときのための連絡手段だ。

全速力で飛ばしたので昼前にはベルグラン邸に着いた。補給隊なので、邸の外に、豚と飼料が積み込まれた荷車と替え馬が整然と並んでいた。ちょうど出発するところのようだ。

「いや〜、まさか豚が逃走するとは！　急いで出ないと日が暮れてしまうぞ！」

そう言いながらテオフィルがエントランスから出てきたので、ジェラルドは馬を下りて彼の前に出る。

「おい。テオフィル」

「へ、陛下！　どうしてこちらに⁉　しかも、そんな平民のような格好をされて！」

「ヴィヴィアンヌが誘拐されたんだ。おまえが何か知っているんじゃないかって。特にロゼールといっしょにおまえの邸を訪問したときの様子を教えてほしい」

「ゆ、誘拐⁉　え⁉　私が誘拐したわけではないんです！」

「当たり前だ。誘拐されたのは一昨日の夜中から昨日の朝の間で、おまえが発《た》ったあとだ。それに、辺境伯の仕業だというのはわかっている」

「へ、辺境伯が、だ、誰を？」

「王妃ヴィヴィアンヌを、だ！」

ジェラルドがいら立ってそう語気を強めたとき、飼料用荷車の中から何者かが飛び出してきたので、彼は腰ベルトに提げた軍刀に手を伸ばす。

「大変！　誘拐されたのはロゼールよ！」

髪の毛をアップにして軍帽をかぶり、男装したヴィヴィアンヌがそこにいた。

「ヴィヴィ、なぜ君がここに……⁉」

「陛下～！　私が誘拐したんじゃないんです！　私は連れて行けないってお断りしたんですけど、王妃様がいつの間にか飼料の荷車の中に潜んでいらして……何か特別な訓練でも受けてらっしゃるんですか⁉　私、昨晩気づいたばかりなんです！　ここまで来たらもう戻っていただくわけにはいかないじゃないですか⁉　廃爵だけはどうかご勘弁ください！　どうか～‼」

テオフィルが地面にひれ伏した。

だが、ジェラルドにはそんな彼の姿など目に入らなかった。

もう二度と会えないかと思った、愛する妻が立っているのだ。

化粧もせず軍服に身を包んでもなお、いや、装飾を全てそぎ落としたからこそ、ヴィヴィアンヌの素の美しさが際立っている。

「ジェラルド、テオフィルが言うことは本当よ。テオフィルは断ったのに、私、こっそり荷車の中に忍び込んだの。ジェラルドが怪我をしたって聞いて、化膿《かのう》が心配で心配で心配で、どうしてもこの軟膏を塗ってあげたくて！　勝手に追いかけてきてごめんなさい」

ヴィヴィアンヌは軟膏の瓶を差し出した。

「話は中で聞こう……その前に伝令だ」

ジェラルドが伝令に目配せすると、三人とも近づいてくる。彼は小声でこう告げた。

「ひとりはオザンファン近衛連隊長のもとへ。王妃が見つかったので、今日中に戻ると伝えよ。もうひとりは王宮に戻り、王宮警備隊長にヴィヴィアンヌの無事を伝えよ。ただし、王妃が誘拐されているものとして振る舞うように念を押せ。そして、おまえはここに残れ」

「はっ」と、三人が胸に手を当てて同時に返事をした。

「テオフィル」

「は、はいぃ！」

テオフィルは地面で四《よ》つん這《ば》いのまま顔だけ上げた。

「おまえは予定通り、馬と豚を運ぶためにここを出立せよ。ただし、この馬はもらっておく」

ジェラルドが一瞬で駿馬を選び抜き、手綱を引き寄せる。近くにいた士官がその馬を厩舎《きゅうしゃ》へ連れて行った。

「はい。職務を全うさせていただきます！　陛下の海よりも広いお心に……」とテオフィルが涙ながらに話している途中で、ジェラルドが「廃爵どころか、おまえ、大手柄だ」と遮った。

テオフィルが急に顔を明るくして馬に飛び乗り「出発！」と号令をかける。

それを後目に、ジェラルドは無言で、ヴィヴィアンヌの手を引いて邸へと向かう。

昨晩宿泊した国王が平民のなりをして現れたので、使用人たちがすれ違うたびに驚き顔で振り返ってくる。

それを聞きつけた邸主ベルグランが慌てて飛んできた。

「国王陛下、先ほどムーレヴリエ大佐が陛下のもとに合流するためにご出立なされましたが、陛下はどうしてこちらにお戻りになったのです？」

だが、ジェラルドは答えずに問いで返す。

「昨晩泊まった部屋を今から使っても大丈夫か」

「はい、もちろんでございます」

ベルグランが深くお辞儀をした。

ジェラルドは勝手知ったるといった様子で二階に上がり、中央のマホガニー製の大きな扉を開けた。彼は後ろ手で扉を閉めながら、ヴィヴィアンヌをじっと見すえる。

そのときヴィヴィアンヌは、初めて彼と出会ったときのような恐怖を感じていた。

再会したというのに、ジェラルドは険しい表情で話しかけてもくれず、この部屋まで彼女の手を引いてきた。

だが、罰せられて当然だ。ロゼールが今、どんな恐怖に晒されているのかと思うと胸が痛んで仕方ない。

三日前、テオフィルに同行を拒否され、ヴィヴィアンヌはロゼールに身代わりを頼み込んだ。髪の色も瞳の色も同じ金髪碧眼である。

ヴィヴィアンヌは手紙の文面から、ジェラルドに会いさえすれば、同行を許可してくれると踏んでいた。だから再会して王宮へ飛ばす早馬が着くまでの三日間だけベッドで王妃のふりをして臥《ふ》せっていてくれればいいという約束だった。

伯爵家から連れてきた侍女四人は、そろそろ実家が恋しくなったでしょうと里帰りさせ、ヴィヴィアンヌのことをあまり知らない侍女だけを残して、彼女と入れ替わる。

『もし、その早馬が着く前にばれたらどうしたらいいのでしょう？』

心配げなロゼールに、ヴィヴィアンヌはその場で小さな紙に、彼女が身代わりをすることになったのは王妃の命《めい》であるとしたためた。

『いざとなったら、これを……』

ヴィヴィアンヌは、その紙を小さくたたむと、ペンダントのように首に提げられるポーチをチェストから取り出して、その証書を中に入れる。

『いつも身に着けていれば大丈夫ですわ』

ヴィヴィアンヌがロゼールの首に掛けると、彼女は少し安心したような顔になった。

だが、王妃と間違われて誘拐されたとなると、その証書が吉と出るのか凶と出るのか、ヴィヴィアンヌにはわからなかった。

そして今、ヴィヴィアンヌは念願のジェラルドとの再会を果したが、到底喜ぶ気にはなれない。

「ご、ごめんなさい！　勝手なことをして……！　本当に私は考えなしで王妃失格……」

彼の大きな唇で覆われ、ヴィヴィアンヌは言葉を遮られた。強く抱きしめられる。

ヴィヴィアンヌはずっと欲しかったキスをやっともらえたというのに後ろめたさでいっぱいだった。自分がジェラルドに会いたいからといって、ロゼールをこんな危険な目に遭わせてしまったのだ。

ジェラルドが唇を離したあと、鼻と鼻が触れるくらいの距離で切なげに見つめてくる。

「ジェラルド、それより誘拐されたロゼールを助けて」

ジェラルドが憮然と双眸を細めた。

「それより？　それってキスのことか？　キスより大事なことなんてないよ。私は君に会えなくておかしくなりそうだったんだ。君のことを考えるのをやめようと思って少しでも時間ができたら剣の稽古をしていたのだけれど、集中力が落ちている上に、やりすぎてふらふらになってしまって……怪我したのなんて何年振りか！」

ここに来て、ヴィヴィアンヌは当初の目的を思い出す。

「ジェラルド、怪我をしたところに軟膏を塗らせて」

「なんでまたそんなに軟膏にこだわっているんだ？　かすり傷だし、軍医に手当させたから大丈夫だよ」

「コンスタンが小さいころ、傷口が化膿して生死をさまようほどの高熱を出したことがあって……だから、そうならない薬を探し出したの。アキモヴァ王国産よ」

この王国は薬草を使った独自の医療を発展させている。

「……そうか、そんなに遠い国から取り寄せたのか。折角《せっかく》だから塗ってもらおう」

ジェラルドとヴィヴィアンヌはベッドの端に腰を下ろした。豪商の家なので平民にしては大きいが、黄金などは全く使われていないマホガニー製のシンプルなベッドだ。

ジェラルドが麻のシャツを脱ぐ。平民の服なので一枚脱いだだけで素肌になって、ヴィヴィアンヌはドキッとした。

「ここを切ったんだ」

ジェラルドが上腕を差し出す。包帯が巻いてあった。

ヴィヴィアンヌはたくましい腕にドキドキしながら、そっとほどき、切り傷に沿って軟膏を塗る。

「痛む？」

「うん。少し沁《し》みる」

「効いている証拠だわ」

ヴィヴィアンヌは包帯を巻きなおして傷口にそっと手を置いた。祈るような気持ちでこう告げる。

「痛いの痛いの飛んでいけ～」

手当をしたあといつも弟にしているおまじないだ。手を上げたら本当に飛んでいってしまったような気になる。

「ああ、よかった。これでひと安心」

ヴィヴィアンヌがほっとして顔を上げると、ジェラルドがなぜか感動したような顔をしていた。明るい部屋で緑の瞳がきらきらしている。

「どうしたの？」

「いや。怪我をする予定はないと思っていたけれど……」

ジェラルドが武者震いのようにぶるりとしてから、ヴィヴィアンヌを押し倒した。

「えっ！　ここで？　待って。早くロゼールを助けに行かないと！」

ヴィヴィアンヌが彼の肩を押しのけようとしたのに、ジェラルドは全く動じずにヴィヴィアンヌの軍服の釦《ぼたん》を外し始める。

「いいよ、あんなやつ。そもそもロゼールがノルベールのもとへ連れて行かれれば王妃じゃないとわかるから、すぐに解放してもらえるさ」

「ねえ、もしかして、私を誘拐したのって痴情のもつれ？」

「……どういうことだ？」

ジェラルドの手が止まった。

「愛するジェラルドが私と結婚したので、ノルベールはお怒りなんでしょう？」

「なんだ、それは？」

「だって、だって……ジェラルド……私知ってるのよ……ノルベールと付き合ってたんでしょう⁉」

曖昧にしておきたかったことだが、ヴィヴィアンヌは思い切って口にした。すると、ジェラルドが、がばっと上体を起こす。

「どうして私が？　ヴィヴィ、私をなんだと思っているんだ！」

「男女問わず広く愛せる度量の大きい方かと……」

ジェラルドが、頭が痛いとばかりに額を押さえて目を瞑る。

「……それで、辺境伯領に行くと聞いて、様子がおかしくなったんだ？　どうせ姉たちが吹き込んだんだろう？　特にパメラはそういう目で男を見るのが好きだから……」

「あ、いえ。そんな……！　誤解したのは私であって、お義姉様たちのせいでは……」

ヴィヴィアンヌは起き上がり、ジェラルドの胸に頬を寄せた。彼の厚い胸板はしなやかで心地いい。

「かばわなくていいよ。今後は噂で決めつけないで直接聞いてくれないか」

「何度も聞いたわよ。なぜ私を連れて行ってくれないのって」

「……ノルベールが聖法庁に多額の寄付をしたり、王宮に内偵を入れたりしていることがわかり、謀反の恐れを感じたからだ。まさか王妃を誘拐するとかそういう卑怯《ひきょう》な手を使うなんて、な」

ヴィヴィアンヌは顔を上げて、訴えかけるように彼の胸もとを拳で軽く叩いた。

「最初から私にそれを伝えてくれていたら誤解もしなかったし、あんなにいじけたりもしないし、こんな無茶《むちゃ》もしなかったわ。ロゼールのことだってそうよ。彼女が嘘をついていたってもっと知ったの？　だからさっきも『あんなやつ』って言ったんでしょう？　ロゼールにどんなことを言ったの？　私をペットのように愛玩するのではなく、相棒として本当のことを伝えてほしいの！」

ジェラルドがヴィヴィアンヌの後頭部をかき抱いて目を閉じる。

「わかった。ただ、君には世の中のきれいな面だけ見せて、安全なところにいてほしかったんだ。でも結果的に陰でこそこそして……君を馬鹿にしたやり方だった。でも、戦争になるかもしれないなんて言ったら、ヴィヴィ、心配するだろう？」

「確かに、いよいよ付いていかないと気が済まなくなりそう。……ねえ、戦争は起こらないわよね？」

「ああ。ついさっき君が見つかって戦争は起こらないことになった。だが本当に誘拐されていたら、君に危害を加えられていたら……どうなっていたかわからない。私はまさに自分のために戦争をする駄目な君主になりさがっていたかもな。そんな国王にならないよう、ヴィヴィ、一生そばで私を見張っていてくれ」

「私が誘拐されなかったのは、ただの偶然だけれどね？」

「今後は偶然に頼らずに君の安全を確保できるようにしないと。そのためにも都合の悪い真実だって伝える」

「ありがとう」

ヴィヴィアンヌは彼の大きな背に手を回し、彼の鼓動を直に聴く。今、本当に夫婦になれたような気がした。

「ヴィヴィ……愛してる」

ジェラルドがヴィヴィアンヌの顎を上げて唇で覆ってくる。肉厚な舌が入り込み、ゆっくりと彼女の口内をかき回した。

ヴィヴィアンヌの全身から力が抜けていく。唇が離れるとそのまま後ろに倒れそうになったので、ジェラルドが左腕を回して支える。

耳をしゃぶるように愛撫され、ヴィヴィアンヌは口を半開きにしたまま首を傾けた。

「あ……駄目よ、早く合流しな……み……しんぱ……い……」

ヴィヴィアンヌは流されそうになったところで、理性を奮い立たせて声を絞り出した。

「……さっきまで死にそうになっていたんだ。ヴィヴィ、私を生き返らせてくれ」

耳の間近にある彼の唇から漏れた声は切実そのものだった。

ヴィヴィアンヌは首をだらりと横にしたまま視線だけ彼に送る。彼の乞い願うような眼差しを受けて、もう抵抗は無理だとヴィヴィアンヌは観念した。

ジェラルドが耳から首筋へと舌を這わせながら、右手で彼女の軍服の釦を性急に外すと、中の白シャツを脱がす余裕がないとばかりに背を丸めて布の上から乳房を甘く食む。

「は……はふ」

ヴィヴィアンヌは吐息のような甘い声を漏らしてしまう。

「君だって私に飢えていたはずだよ？」

そんなことはヴィヴィアンヌのほうがわかっている。ジェラルドの愛情に飢えていたヴィヴィアンヌの体は早くも彼を欲しがって、それは甘露となって彼女のトラウザーズを濡らしていた。

ジェラルドに不信感を持っていたときとは明らかに違う反応だった。

「ジェラルド……大好き……」

「知ってる」

ジェラルドが顔を傾けてくちづけしてくる。

「舌、出して」

「は、はい」

ヴィヴィアンヌが舌を出すと、ジェラルドが食らいついてきて彼の口内で舌をしゃぶられる。そうしながらもジェラルドが軍服の中に手を突っ込み、シャツの上から胸を揉みしだいてくるものだから、唇が離れたときには、はぁはぁと彼女の息は荒くなっていた。

ジェラルドがヴィヴィアンヌをさらなる高みへ導こうと、シャツを引きちぎって片方の乳房を露わにする。

朝陽を浴びたピンクの蕾は彼の唾液でぬらぬらと輝いていた。

ジェラルドは、今度は布越しではなく直に彼女の乳首を舐める。そのたびに彼女の体がびくん、びくんと波打った。シャツの上からよりも反応がいい。

だからジェラルドは軍服の上衣とシャツを口と右手を使って左右に広げて双丘をむき出しにする。ドレスとは違い地味な深緑色、しかも厚い生地でできた無骨な軍服の上衣の中から覗《のぞ》く白い乳房は小ぶりでかわいらしい。

だが、それよりも彼を昂《たかぶ》らせるのは、彼の目に乳房が晒されたことで頬を朱に染めて恥ずかしそうに目を細めるヴィヴィアンヌの表情だ。

ジェラルドは彼の性が滾《たぎ》っていくのを感じながら、片方の乳首を唇で吸い、もう片方の乳房を掬い上げるように揉みしだく。こうされると胸が大きくなりそうだとヴィヴィアンヌが悦ぶからだ。

だが、今のヴィヴィアンヌは過度な快感に「あっ、あぅ」と小さく叫んで腰をくねらせるのが精一杯で、そんなことまで考える余裕はなさそうである。

ジェラルドは唇をもう片方の乳房に移して、さっきまで口吸いをしていたほうの乳房を揉みしだく。

すると、ヴィヴィアンヌの手が彼の肩に伸びてきて離さないとばかりにぎゅっと掴んでくる。彼女の脚が彼の大腿の間《あいだ》でもぞもぞと動き始めた。揉まれること自体が気持ちいいのだろう。

もっと愛撫してもっと彼女をよがらせたいが、合流が遅れるのはあまり得策ではない。

ジェラルドは乳暈を舐めるように吸い上げながら、彼女のトラウザーズの前立てにある釦を外していく。手を突っ込むとぬるりとすべった。ジェラルドはトラウザーズを下げずに、中指を曲げて彼女の蜜道をくちゅくちゅとかき回す。

「あ……ジェラ……ふぁ……あん……んんっ」

だらりと彼の左腕にもたれていたヴィヴィアンヌが背を伸ばして腰を揺らし始める。そのたびに彼女の膣口がひくひくとする。

「ヴィヴィ、そうだ。君は子どもでもペットでもない」

ジェラルドは腕で彼女を支えるのをやめて、彼女の脚からトラウザーズを引き抜いた。するとヴィヴィアンヌが後ろに倒れる。

「きゃっ」

ヴィヴィアンヌが青い瞳をぱちくりとさせた。脱げかけの軍服の上衣から乳房だけを晒し、下肢はむき出しという扇情的な格好になっている。

それを眺めながらジェラルドは自身のトラウザーズの釦を外した。

「対等な君を見せて？」

「ふぇ？」

ヴィヴィアンヌはそのとき、ジェラルドの笑みが劣情を含んでいるような気がした。

「対等？」

「そう。対等。私に愛でられ、快感を与えられるだけなのがいやなら、私にくれないか？」

「ど、どうしたら？」

「まずはこうだ」

ヴィヴィアンヌはジェラルドに抱き起こされる。彼の大腿の上で脚を開かれ、彼の硬くなった怒張で尻の谷間を圧され「あ……ん」と、腰をくねらせた。

「私はもうさっきから君が欲しくて仕方なくなっているんだよ？」

耳元で艶《つや》っぽく囁かれ、ヴィヴィアンヌの背筋をぞくぞくとした痺れが駆け上る。

「あとは自分で考えて動くんだ」

「え？」

ジェラルドが彼女の軍帽を取り去った。豊かな金髪がふわりと広がる。

ヴィヴィアンヌは何かから解放されたような気がした。

ジェラルドがそのまま後ろに倒れる。ヴィヴィアンヌは座ったままだ。ジェラルドが彼女を支えるように細腰を掴んだ。

「さあ、勇ましい我が王妃、好きに余を愛玩するがよい」

ジェラルドの漆黒の睫毛が彼の緑眼に半ばまで舞い下り、不遜な表情となる。王者の風格を感じてヴィヴィアンヌの心が高揚してくる。

——いつもジェラルドにしてもらって気持ちいいことって？

ヴィヴィアンヌはちらっと彼の胸に目をやる。

——いえいえ、彼の胸をふくらませてどうしようっていうの。

自分より大きくなったら立ち直れそうにない。

ヴィヴィアンヌが視線を落とすと、目の前には屹立《きつりつ》した彼の欲望があった。生き物のように自立しているのがいまだに解せない。彼女は人差し指で切っ先をつんつんと突《つつ》いた。

ジェラルドが片眼《かため》を少し細める。

その反応が面白くて、ヴィヴィアンヌは尖端の下の溝を指でくるりんと撫でてみた。

ジェラルドの眉間にしわが寄る。

この表情をきりっとしてかっこいいと思いつつ、ヴィヴィアンヌは彼の性を手でそっと包んだ。少し濡れている。弾力を確かめたくて、ヴィヴィアンヌはきゅっと強く掴んだ。

「くっ」という声をジェラルドが漏らした。

――くっ⁉

ヴィヴィアンヌはこれを繰り返せばそのうち、ジェラルドが彼女自身のようにひっきりなしに喘いだりするのではないかと、彼の熱棒をきゅっと握りしめてはゆるめた。

「……ヴィヴィ、降参だ。頼むよ」

ジェラルドが何かに耐えるように双眸を細めている。

「……頼む？」

ヴィヴィアンヌは今までの体験を思い出す。彼女は今まで追い詰められると『欲しい』と言うことがあり、そういうとき大抵、ジェラルドはすぐに挿入してくれる。

「わかったわ！　ジェラルド」

ヴィヴィアンヌは膝立ちになって腰を浮かし、彼の尖端を彼女の秘裂にあてがう。

自分でやっておいて、ヴィヴィアンヌはその感触にびくんと全身を弓なりにした。

――いけない。ちゃんと愛玩してあげないと！

ヴィヴィアンヌは快感に震えながら腰を落としていく。濡れに濡れた彼女の蜜道は彼のはちきれんばかりの情熱をずぶずぶと呑み込んだ。

「……ふぁ……あぁ」

ヴィヴィアンヌは快感におののいて半ばまできたところで止まってしまう。

「そんなに焦らして、殺す気か！」

ジェラルドが掴んでいた彼女の腰を一気に落とし、根元まで押し込んだ。

「あっ……んん！」

ヴィヴィアンヌは急に奥まで突き上げられて前のめりに倒れそうになるが、彼の手が彼女の両乳房を掬い上げるように掴んだことで支えられ、座したままとなった。

——何……これ……いつもより深い……。

彼が蜜口をなぶるかのように根元を揺らしてくる。こんなことをされると、喘ぎ声が止まらなくなってしまう。

「ふぁっ……あぁ……あっ……はぁ、ふぁ……んっ」

「さあ、ここからどうしたらいいか自分で考えて」

「じ、自分で？」

ヴィヴィアンヌは頭がぼうっとしていて考える力をなくしていたが、自然と腰を揺らし始める。忘我だからこそできることだ。

「そうだ。さすが余の王妃」

ジェラルドが褒美を与えるかのように彼女のふたつの乳首をつまんでくりくりとしてくる。

ヴィヴィアンヌは腰を揺らしながら時々、過度な快感にびくっ、びくっと全身を大きく痙攣させた。

「く……ヴィヴィ……そろそろだな？」

ジェラルドが彼女の臀部のふたつのふくらみを手で掴んだ。腰を浮かしてぶつけるたびに、彼女の尻を引き寄せる。そのたびに、ひとつの塊になったような、とてつもない密着感が生まれた。

「ふあ……あぁ……あ……ふぁ……あっ」

ヴィヴィアンヌは交合の音の中、彼の雄を中に咥え込んでぎゅうぎゅうと締めつける。

「ヴィヴィ……そろそろ……」

「ジエ、ジエラ……」

彼女は自身の中に放たれた彼の情熱を全て呑み込もうとするかのように下腹部の奥深くを蠕動させ、やがて「あっ！」と小さく叫んで、そのまま前に倒れた。

ジェラルドは息を整えながら彼女のやわらかな髪を撫でる。ここでいつまでも睦み合っていたいが、そういうわけにはいかない。

彼は彼女を仰向けにして着衣を正す。平民のシャツを手に取って羽織り、釦を留めていると、ヴィヴィアンヌが起き上がった。

ジェラルドは彼女の頬にキスをして、ポケットからハンカチーフを取り出した。

驚いたのはヴィヴィアンヌだ。彼の手の中にある刺繍のハンカチーフは不要になったはずの誕生日プレゼントだった。

「いやだわ！　勝手に！　渡すのをやめようと思っていたのに、どうしてここに⁉」

「君が誘拐されたと思った王宮警備隊が部屋で手がかりを探していたら、私宛の手紙とともにこれが布に包《くる》まれていたって」

「返して！　やっぱり下手すぎるわ！」

ジェラルドが長い腕を上げたので、ヴィヴィアンヌには取り返せない。

「いいや。どんな宝石よりも素晴らしい」

そう言ってジェラルドは立ち上がり、ヴィヴィアンヌのほうに手を伸ばした。

「さっさと解決して王宮の庭で花見をしよう。君がいればどんどん強くなれるような気がするんだ」

「私もよ」

ヴィヴィアンヌは彼の手を掴んで立ち上がった。

「お誕生日までに戻って、王宮でお祝いしましょう」

「私の誕生日は儀式になるからつまらないぞ」

ヴィヴィアンヌは彼の腕に両手をからめる。

「そのあとでふたりだけでお祝いしましょう？」

ジェラルドは早く部隊に合流しようと、全速力で馬を走らせる。彼は妻に合わせて減速などしなかった。そういう子ども扱いをするなというのが彼女の望むところなのだ。

実際にヴィヴィアンヌは付いてくることができた。ちらっと振り向くと、あまりに必死の形相なのでジェラルドは噴き出しそうになる。

「ジェラルド〜！」

ヴィヴィアンヌに呼ばれて初めてジェラルドは減速した。ヴィヴィアンヌが彼の横に付く。

「いろいろわからないことがあって、到着するまでに聞いておきたいの〜！」

馬のスピードが速いので大きな声を出さないと伝わらない。

「ああ、いいぞ！」

「これからどうやって平和的に解決するのー!?」

ジェラルドがスピードを少し落とすと、ヴィヴィアンヌの顔に余裕が戻った。

「私が大軍を引き連れてきたものだから、ノルベールは焦って悪手を打ってきた。君を誘拐したという信書、聖法庁の『辺境伯領の独立を認める』という証書。証書に私はサインしていないので効力がなく、ただ単に反逆の証拠となる。これで平和的に解決できるってわけ！」

「聖法庁が辺境伯に許可を与えたということ？　ジェラルドが聖法庁に歯向かったことにはな

らないのー⁉」

「いや、私がサインをしない限りは問題ない。ノルベールが聖法庁に多額の寄付をした時点で、こちらはさらに高額の寄付をして、『辺境伯領の返還に同意する』という証書を作っている」

「まあ、神に仕える身なのにがめついのね～！」

「ああ。腐敗しきっているよ。だが神は絶対だ。聖法庁は利用価値がある。幸い今回はいつもの兵力の二倍。あちらはノルベールの贅沢《ぜいたく》で軍は弱体化しているし、兵が信頼しているのは辺境伯ではなく、私の忠臣であるルフォール中将だ。この証書にサインをしろと言えば拒めないさ！」

「つまり、辺境伯領はなくなるってこと⁉」

「ああ。そうだ。国境を守る気のない辺境伯なんていらないよ。却って我が国の脅威になる。根本的に解決しないと平和は維持できない」

「それなら、来春は王宮でいっしょに過ごせるのね⁉」

「ああ。毎春の軍事演習はこれが最後だ！」

　その後、ヴィヴィアンヌはジェラルドの従者としてノディエ王国軍と合流する。彼女の軍服は弟のクロードがジェラルドから賜ったもので、近衛兵の軍服だった。

着替える必要があったのは平民の服を着たジェラルドのほうだ。

ジェラルドがヴィヴィアンヌを連れて居室に戻ると、マチューが飛び上がるように立った。

「半刻ほど前に早馬が報《しら》せに来たばかりだというのに……お早くて驚きました。お迎えに上がらず、失礼いたしました」

マチューが深々と礼をする。

ジェラルドがニッといたずらっぽい笑みを浮かべた。

「マチューの助言通り、王妃を連れてきたぞ」

——助言？

ヴィヴィアンヌが不思議そうにマチューを見ると、マチューが困ったようにほほ笑んだ。

「王宮を離れてからというもの国王様が憔悴《しょうすい》なさっていたので、王妃様をお連れしたほうがよろしいのではと、進言さしあげたことがありまして……」

「まあ……」

くすぐったく思い、ヴィヴィアンヌがジェラルドを見上げると、彼にぐいっと腰を引き寄せられる。

「そうだ。急に元気が出たから、着替えたらすぐにでも出立するぞ」

「はっ！」

マチューが威勢よく返事をしたあと、急に心配げにヴィヴィアンヌに視線を向けてきた。

「王妃陛下、ずっと馬に乗り続けられて、お疲れでは？　馬車をご用意いたしましょうか」

「いえ。今、私は王妃ではなく、近衛兵ですから」

「マチュー、我が王妃は至宝だと言っただろう？　ここまでこれだけの速さで来たのだから、歩兵に合わせた速度で馬上に揺られるなど、退屈なぐらいだ」

――至宝……。

ヴィヴィアンヌは、彼の何を疑っていたのか、と恥ずかしくなる。

その後、ヴィヴィアンヌはジェラルドの馬に伴走した。速度がゆっくりなので、会話を楽しんでいると、やがて、辺境伯の城が見えてくる。

燃え上がるような夕焼けを背景に円形の高い塔がいくつも聳《そび》え立つ堅牢《けんろう》で巨大な城だった。

「立派な城だろう？　国境防衛の要だ」

「あの華美な辺境伯とは似ても似つかないわね」

「それが全てを表している。ノルベールは軍事的なことに興味がないんだ。あいつが独自でやれることといえば、聖法庁と交渉したり、王妃の誘拐を企《くわだ》てたりすることぐらいだよ。そんなやつに国境を任せていられるか」

「内偵だ」

ジェラルドが皮肉っぽい笑みを浮かべたとき、城のほうから兵が馬で駆けてきた。

「えっ？」

内偵がこんなに堂々と来るものだろうか。しかも、辺境伯のデルボネル騎士団の軍服を着用している。

その兵士は馬から下りると、馬上のジェラルドに敬礼した。

「王妃様がお乗りになった馬車が今、到着しました」

――ロゼール、よかった。無事で……。

「辺境伯は王妃様のお顔をご覧になってから、動揺したご様子で、ルフォール中将に生き延びる策についてのご相談に入ったとのこと」

ジェラルドは、ふんと鼻で笑った。

「もちろん、無血開城だろうな?」

「はい。辺境伯は執務室に軟禁されております」

ヴィヴィアンヌはほっと胸を撫でおろした。

「では、我が軍を歓待するようにルフォール中将に伝えよ」

「はっ」

兵士は再び馬に跨ると、今来た道を戻って行った。

ジェラルドが率いる軍隊が城に着くと、城門前の跳ね橋は下がっており、その中央で騎馬のルフォール中将が敬礼した。

「ルフォール中将、大義であった」

ジェラルドは周りによく聞こえるような張りのある大きな声で中将をねぎらう。

「国王陛下、ありがたきお言葉、光栄に存じます。ノルベール様は、辺境伯領の返還に同意する証書にサインをする代わりに命の保証を求めておりますが、いかがいたしましょうか」

「ノルベールの態度次第だな」

ヴィヴィアンヌが顔を跳ね上げ、ジェラルドを見つめると、ジェラルドが安心しろとばかりに小さく頷いた。

――親戚なんだもの。殺したりしないわよね……。

入城してヴィヴィアンヌが石造りの回廊を歩いていると、ジェラルドが「大丈夫。穏便に済ますから」とこっそり囁いてくれた。

――よかった。

ヴィヴィアンヌは、ノルベールの執務室の前でジェラルドと別れる。

ジェラルドが将校たちと執務室に入るのを後目《しりめ》に、ヴィヴィアンヌはマチューとともに、別室へと向かった。

ルフォール中将の側近に案内された居室に入ると、「ヴィヴィ様～！」という高い声が響き、ロゼールが駆け寄ってくる。

「ロゼール！」

ヴィヴィアンヌはロゼールを抱きしめた。

「ロゼール、こんなことになるとは思っていなくて……身代わりなんて頼んでしまって、本当にごめんなさい」

「ううん。いいんです。私にも落ち度がありますわ。部屋でじっとしていれば誘拐されなかったんですもの。つい王宮探検なんてしてしまったものですから……。まさか内偵がヴィヴィ様の部屋を見張っていたなんて……」

「え、そうなんですの⁉」

ヴィヴィアンヌは驚いて顔を離した。

「内偵がいたことが意外でした？」

「そ、それもそうだけど、寝室で上掛けをかぶってじっとしていてって頼んだつもりですわ」

ロゼールがしまったという顔になった。

「……国王様の心証をよくしてくださいますわよね？」

「それはもちろんです。だって、誘拐なんてされて怖かったでしょう？」

「誘拐されたときは怖かったけど、好待遇だったし、正直、国王様に怒られたときに比べたら……」

思い出し笑いならぬ、思い出し恐怖で、ロゼールは顔を歪めた。

「……よほど怖かったんですのね」

——確かに私も最初、短剣で刺されそうになって震え上がったわ。

ロゼールがヴィヴィアンヌにすがりつく。

「国王様の前で朝に夕にと私を褒めちぎってくださいね」

ロゼールは誘拐されてもなおジェラルドのほうが怖いのかと、ヴィヴィアンヌはおかしく思う。

「褒めなくても……本当に恩ができたから、大丈夫ですわ」

ここでヴィヴィアンヌはロゼールと服を交換して王妃に戻った。ロゼールはテオフィルの従者として王都に戻ることとなる。

国王側の正当性を打ち出すために、誘拐されたのはあくまで王妃でなければならなかった。

ノルベールが辺境伯領の返還に同意したことで、辺境伯の廃爵が決まったが、ジェラルドはノルベールに小さな領地を与えることにした。

「今回、人を追い詰めすぎても碌なことがないと悟ったんだ」

ジェラルドはあとでヴィヴィアンヌにその理由を教えてくれた。

ヴィヴィアンヌはここ半年、歴史書を読み漁《あさ》ったのでわかる。ジェラルドはきっと名君になるだろう。

彼の憧れるセゼール二世のような――。

宮殿のエントランスにジェラルドとヴィヴィアンヌを乗せた馬車が着くと、王太后と王姉たちが勢ぞろいしていた。王妃誘拐の報を聞いて離宮から戻ったようだ。

先に降りたジェラルドに手を取られ、ヴィヴィアンヌが馬車から顔を出すと、皆が皆、安堵の表情を浮かべた。

「母上、ご心配をおかけしました。ヴィヴィアンヌはこの通り息災ですので」

「お義母様、ご心配をおかけしました」

ヴィヴィアンヌは深く腰を落とし、丁寧な挨拶をした。

「ヴィヴィアンヌ、怖かったでしょう？　まさかあのノルベールがこんなことをするなんて」

王太后が涙を浮かべている。前辺境伯と交流があった王太后でさえもこの反応なら、世論は国王のほうに付くだろう。

と、そのときヴィヴィアンヌとジェラルドの前にぬっと噴水が現れた。よく見ると、水色の羽根飾りを水が噴き出すかのように頭に付けたオリアーヌだった。

「到着が誕生日になると聞いて、準備しておきましたの」

オリアーヌが手を掲げた先のバルコニーには、黄金の装飾が付いた赤いベルベットが提げてあり、ピンクや赤の花がセンスよく飾られていた。

「今着いたばかりだよ？」

ジェラルドは両手を左右に広げてげんなりした様子だったが、ヴィヴィアンヌは彼の背に手を置いて「私たちが無事なことを国民の方々にお伝えしましょうよ」とほほ笑みかけた。

「うん。まあ。それもいいかもな」

渋々ながらもジェラルドが応じたので、午後になり、王宮の門が開放されると、ふたりでバルコニーに出て手を振った。

ジェラルドが耳打ちしてくる。

「以前、私の誕生日は儀式になるからつまらないと言ったが、その通りだろう?」

「あら、つまらなくないわ。国民の方々がこんなにたくさん集まってくれるなんて、ジェラルドが皆に愛されている証拠だもの」

「男どもは私の妻を目当てに集まっているんじゃないかな? それに、私は王妃にだけ愛されたら、それで幸せなんだけれど?」

「ま、まあ……」

国王が王妃の耳元で何か囁いたとたんに王妃が顔を真っ赤にしたものだから、その情景は長く国民の間で語《かた》り種《ぐさ》となる。

その後、「ふたりだけでお祝いしたいって言っていたよな?」とほくそ笑むジェラルドに、ヴィヴィアンヌは寝室に連れ込まれ、朝まで何度も愛し合った。

十日もすると花壇が色とりどりの花で満開になったので、ヴィヴィアンヌは王族だけでなく、ヴィヴィ様会の淑女たちとテオフィルを招いてお花見の会を開いた。

テオフィルを呼んだのはお詫びの気持ちがあってのことだ。

ロゼールがやって来ると、ヴィヴィアンヌはすぐにジェラルドのもとに連れて行く。いまだにジェラルドが怖いらしく、緊張した面持ちになっていた。

「今回は、ヴィヴィアンヌが迷惑をかけてすまなかった。これからも仲よくしてやってくれ」

国王に謝られ、ロゼールは顔を明るくした。

「こちらこそ、これからも私と侯爵家と……ムーレヴリエ伯爵家をよろしくお願いします」

「え？」

「は⁉」

ヴィヴィアンヌとジェラルドは同時に驚きの声を上げた。

ロゼールが目配せすると、テオフィルがやって来る。

「実は、辺境伯領から戻るとき、ロゼールと過ごしているうちに……彼女がかけがえのない女性《ひと》になりまして……これから両家の顔合わせをして、正式に謁見を申し込みますので、結婚のご許可をいただければと思っています」

ロゼールがテオフィルを上目遣いで見つめた。恋する乙女の瞳だった。

「長時間馬に乗って死にそうになっていたら、荷車を馬車のように改造してくださったり、果物が食べたいと言ったら森に行ってキイチゴを探してきてくださったり……テオフィルがこんなに頼りになるお方だとは思ってもいませんでしたわ。私、誘拐されてよかったぐらいです」

「ロゼール……」

テオフィルとロゼールが熱い視線をからめ合わせている。

「まあ、まあ。それはおめでたいことですわ。ねえ？　あなた」

「あ……ああ。そういうことか……」

テオフィルの補給部隊の戻りが予定より遅れたわけが、今になってやっとわかったジェラルドだ。

軽い食事が振る舞われ、国王夫妻と招待客たちは花を愛で、歓談を愉しんだ。やがて、美しく飾りつけられた様々なデザートがテーブルに並べられた。

甘いものが嫌いなジェラルドはこういうとき、いつも何も口にしないのだが、今日ばかりはババロアに手を付けたので、ヴィヴィアンヌは不思議に思った。

「ジェラルド、甘いものを食べることもあるのね？」

「あ、ああ。ババロアだけは食べてもいいかなって」

ジェラルドが彼女の顔を一瞥したあと、なぜか照れたように目を逸らす。その先には枝ぶりのいい木があった。

「ここで木に登って皆を驚かせようか？」

ジェラルドにこんな提案をされ、ヴィヴィアンヌは首を振る。

「私、今回のことでじゃじゃ馬は卒業しようと決めたの。王妃が王妃らしくしないと、いろんな方に迷惑をかけてしまうわ」

「そんな……木に登って花見をしたいって楽しみにしていたじゃないか……」

残念そうに眉を下げるジェラルドに、ヴィヴィアンヌは首を伸ばして耳元で囁く。

「……私、今朝気づいたんだけど……月のものが遅れているの」

ジェラルドが見たことがないくらいに刮目し、信じられないといったふうに口元を手で覆った。

「まだ侍医に診てもらってないから、皆には内緒よ」

慌ててヴィヴィアンヌがそう付け加えたのに、ジェラルドはヴィヴィアンヌの頬にくちづけ、彼女をぎゅっと抱きしめる。

「ジェ、ジェラルド、ちょっと皆様が見てらっしゃるわ」

「構わん」

王太后も王姉や淑女たちもテオフィルも皆が皆、デザートを食べる手を止めて、目をまん丸とさせていた。

全てがうまくいくように思えたが、ひとつだけ問題があった。

ヴィヴィアンヌがそれに気づいたのは、パメラの部屋でお茶をしていたときのことだ。

「ねえねえ。ヴィヴィアンヌ、ご存知？　あなたと離れている間、ジェラルドは寂しかったみたいで美少年のお小姓を付けていたそうですわよ」

パメラが顔を紅潮させている。

「えっ」

――そんな噂になっていたとは！

「そのお小姓は……ど、どんな方ですの？」

どのように思われていたのか知りたくて、ヴィヴィアンヌは恐る恐る尋ねた。

「なんと、ヴィヴィアンヌにすごく似ている少年だったんですって！」

「ま、まあ。そんな方が！　お会いしてみたいものですわ」

パメラが感心したような表情になった。

「ヴィヴィアンヌ、辺境伯のときのように嫉妬しなくなりましたわね。やはり懐妊なさったせいかしら？　王妃の貫禄がでてきましたわよ」

「そんな……光栄ですわ」

ジェラルドの男色家説はまだまだなくなりそうにないが、それはそれで女性が寄ってこなくていいかもしれないとヴィヴィアンヌは密かに思った。

エピローグ

辺境伯領から戻って九ヵ月後、ヴィヴィアンヌが産んだ子は黒髪緑眼の男児だった。

「おまえの名はエドワールだ。お父様の尊敬しているセゼール二世の名前なんだぞ。気に入ったか？」

ジェラルドが王妃のベッド脇で小さな息子を抱き上げ、幸せそうにほほ笑んでいた。

そんなやわらかな笑みを目にしてヴィヴィアンヌはベッドの中で幸福感を噛みしめる。

「母親が男装しているときに授かったのだから、強い子になりそうだな」

ジェラルドが平然とそんなことを言ってくるので、ヴィヴィアンヌは頬を熱くした。

「ま、まあ、ジェラルドもそう思っていたの？」

そのとき、にわかに隣室がにぎやかになった。

「王太后様と王姉様方がおいでででございます」

「お通しして」

ヴィヴィアンヌの言葉に侍女が扉を開けると、王太后と王姉たちが興奮した面持ちで飛び込んできて、王太子を抱くジェラルドを囲んだ。

「まあ、まあ。ジェラルドにそっくりじゃないの。父王様が生きていらしたら、どんなにお喜びになられたことか」

　王太后が瞳に涙をにじませる。

「父王様の面影も少しありますわよ」

「たくさん浮名を流して楽しませてちょうだいね」

「すごい美形になりそうですわね」

　四人とも、本当にうれしそうにエドワールを見つめていた。

「ジェラルド様がお生まれになったときもこんなふうでしたの？」

　ヴィヴィアンヌが問うと、王姉たちは口々にこんなことをまくしたてた。

「ええ。そうよ。レナリス王国に嫁いだアリーヌ姉様なんて、大はしゃぎだったわ」

「ヴィヴィアンヌ、男の子はあるとき急にしゃべらなくなるけど、それまではお母様、お姉様ってまとわりついてきてかわいいったらないわよ」

　エドワールを堪能すると、嵐のように彼女たちは去っていった。

　ジェラルドはエドワールをヴィヴィアンヌに返し、肩をすくめる。

「ねえ。ジェラルド、こんなにかわいがってくれたのに、なぜお義姉様たちを嫌うの？」

　ヴィヴィアンヌが質《ただ》すと、ジェラルドはしばらく考えたのち、こう答えた。

「いやだと思ったこともあるが、嫌い……というわけじゃない。苦手なだけだ。姉たちは変な噂を流しては私に迷惑をかけてくるんだ」

ヴィヴィアンヌは思い当たることがありすぎて、クスクスと笑った。

「お義姉様方、多分、暇を持て余していらっしゃるんでしょうね。だから、愛するジェラルドで楽しもうとしちゃうんだわ。私、弟がいるからわかるの。私の場合は、いっぱいいすぎてひとりに興味が集中することはなかったけれどね」

ジェラルドがものすごく驚いた顔を向けてきた。今や彼が無表情だったことがあったなんて信じられないほどだ。


『女嫌いの鉄面王』と揶揄《やゆ》されていた国王ジェラルド。

『女嫌い』と『鉄面』、両方の原因を作った三人の姉たちは、その後、ジェラルドによって活躍の場を与えられる。

三女オリアーヌはそのファッションセンスを活かし、女性モード商の育成に力を入れた。

これは革命的なことだ。それまで女性は仕立て屋に嫁ぐことでしかファッションの仕事に関われなかったが、デザインのセンスで勝負できるようになったのだ。

四女パメラはその高い学識を活かして、女子教育のための王立学院を設立した。やがて、卒業生は教師として全国で活躍し、ノディエ王国の女子の教育水準を引き上げた。

次女リゼットは働くよりも結婚したいと、お見合いにいそしむ。彼女を射止めたのは三十五歳のやもめで、リゼットは伯爵家の後妻となった。

これは四姉妹の中で最も型破りな生き方だ。父王の時代にはこういった降嫁はよしとされず、ちょうど年齢の合う王太子がいた長女以外は結婚が許されなかった。

王太后は娘たちが忙しくなって自分のところに寄り付かなくなったと愚痴りながらも、孫と遊んで楽しそうにしている。

ヴィヴィアンヌと結婚して『愛妻王』と呼ばれるようになったジェラルドはいつしか、女性に優しい『博愛王』がふたつ名となっていた。

しかも、男系一族出身のヴィヴィアンヌがその後出産したのは意外にも女児四人で、国王一家は男性二人に対して女性五人。まさにジェラルドが子どものころと同じ男女比になっていたのだ。

女嫌いだった国王は今や、最愛の妻と娘たちが美味しそうに食べ、しゃべるのを眺めているときが一番幸せだった。

ジェラルドは、満月よりもずっといいものをくれた妻に心から感謝するとともに、娘たちが誰からも嫌われず、そして唯《ただ》ひとりの男性に深く愛されることを切に願った。

あとがき

突然ですが私は十代のころ中国台湾映画にはまっていて、よく中国映画祭に行っていました。本作のヒロイン同様、食い意地が張っているせいか、中国や台湾映画の食事シーンが妙に心に残っています。「恋人たちの食卓」「食神」のような食が主題となるような作品はもちろん、「芙蓉鎮」「悲情城市」のような近代史の悲劇を描いた名作でも、食卓を通じて人間関係の変化が描かれていたりするのです。

これは、孟子の「王以民為天、民以食為天」（王は民をもって天と為し、民は食をもって天と為す）という、食を重んじる文化から来ていると思われます。

そんな頭でっかちなことを考えていた学生時代、香港で見つけた、かわいいメッセージカードを見て膝を打ちました。「あなたのお椀がいつもいっぱいでありますように」というメッセージとともに、白米でいっぱいのお椀が描かれていたのです。

なんて素敵な言葉なんでしょう！　とりあえず美味しいものを食べたら幸せな気持ちになれますよね？　皆様の食卓にいつも笑顔と美味しいものがあふれていますように！

藍井恵